U0146320

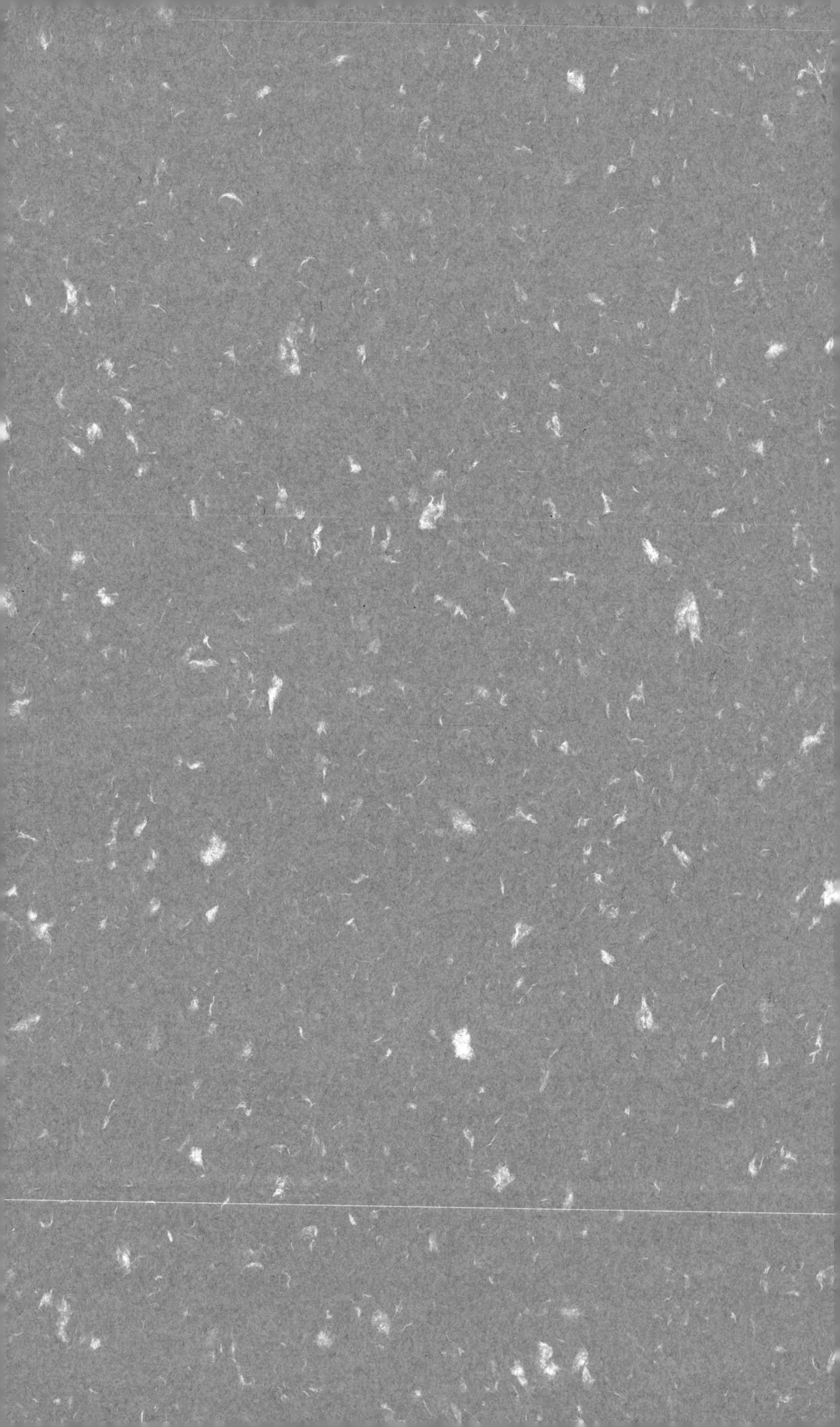

内蒙古文学重点作品创作扶持工程

# 黄河人家

李樱桃 著

远方出版社

图书在版编目（CIP）数据

黄河人家 / 李樱桃著 .-- 呼和浩特：远方出版社，2023.11

ISBN978-7-5555-1697-2

Ⅰ.①黄… Ⅱ.①李… Ⅲ.①长篇小说–中国–当代 Ⅳ.① I247.5

中国国家版本馆 CIP 数据核字（2023）第 080324 号

**黄河人家**

HUANGHE RENJIA

著　　者　李樱桃
责任编辑　于丽慧
封面设计　李鸣真
版式设计　王改英
出版发行　远方出版社
社　　址　呼和浩特市乌兰察布东路666号　邮编010010
电　　话　（0471）2236473总编室　2236460发行部
经　　销　新华书店
印　　刷　内蒙古爱信达教育印务有限责任公司
开　　本　787毫米×1092毫米　1/16
字　　数　300千
印　　张　21
版　　次　2023年11月第1版
印　　次　2023年11月第1次印刷
标准书号　ISBN978-7-5555-1697-2
定　　价　48.00元

如发现印装质量问题，请与出版社联系调换

# 序　言

内蒙古位于祖国北疆，广袤无垠的草原、葳蕤茂密的森林、浩瀚辽远的大漠、纵横千里的阴山组成内蒙古多姿多彩的地理风貌。千百年来，各族人民在此繁衍、生息，丰富着绵历之久、镕凝之广的中华文化。文学传承，生生不息。源远流长的内蒙古文学，在牧野上传唱，在群山中回响，点亮了祖国北疆一盏盏温暖的生命明灯。

进入新时代，在习近平新时代中国特色社会主义思想的指引下，内蒙古文学工作者坚持深入生活，扎根人民，把澎湃的现实生活、昂扬的时代精神、丰富的经验和情感提炼造型。人、生活、岁月在他们笔下是砥砺行进的历史，是绵厚的家国之爱，是浓烈的人间烟火。一批批贴近时代、贴近人民、贴近大地的现实题材作品带着生活之感、时代之悟和人民之思传向全国。

为进一步加强文学的组织化程度，推出更多高品位的优秀作品，培养更多高素质的文学人才，内蒙古自治区党委宣传部牵头，内蒙古文联、内蒙古作协组织推进“内蒙古文学重点作品创作扶持工程”，汇集内蒙古众多优秀作家作品，努力推动内蒙古文学事业繁荣发展。该工程坚持以精品奉献人民，在宽广的世界视野中描绘中华民族精神图谱，有121部作品入选，已出版作品53部（57册），部分作品荣获鲁迅文学奖、全国少数民族文学创作“骏马奖”、全国精神文明建设“五个一工程”奖、内蒙古自治区文学创作“索龙嘎”奖、内蒙古自治区精神文明建设“五个一工程”奖等，为满足人民文化需求、增强人民精神力量做出积极贡献。

伴随习近平总书记代表党和人民的庄严宣告，中国人民踏上了实现第二个百年奋斗目标的新征程。内蒙古大地焕发出前所未有的活力，人民创造历史的伟大实践为文学提供了丰沛的源泉和广阔的天地。讲好内蒙古故事，发出富有影响力和感染力的声音，创作出不负时代、不负人民的优秀作品，这是一个作家的光荣与梦想，也是推动内蒙古文艺蓬勃发展，汇聚建设亮丽内蒙古的精神力量。

“内蒙古文学重点作品创作扶持工程”入选作品，以无数真切的、鲜活的声音，书写着属于这个时代的、有质地的、有温度的内蒙古故事。这些作品从内蒙古脱贫攻坚的现实课题中来，从当代内蒙古的发展进步和人们的精彩生活中来，以体现精神高度、文化内涵和艺术价值相统一的书写，为无数创造历史的人们立传。

破浪前行风正劲，奋楫扬帆正当时。衷心希望内蒙古文学工作者以深邃的历史眼光和宏阔的现实视野，倾听内蒙古从历史走向现在、走向未来的脚步声，创作一批见历史之大势、发时代之先声的优秀作品，展现新时代中国共产党和中国人民再创中华文化新辉煌、书写中华民族新史诗的文化自信和历史雄心；希望内蒙古文学工作者更加珍爱文学、诚实写作，记录内蒙古人民在建设美好内蒙古的奋斗姿态，把新的灵魂、新的梦想注入文学，努力为铿锵内蒙古书写新时代的史诗。

薪火传承，旗帜高扬。在习近平新时代中国特色社会主义思想的指引下，期待内蒙古文学工作者担当使命，以浩瀚的文学弘扬中华优秀传统文化，展示内蒙古文学弦歌不辍、日新又新的文化活力；期待更多的读者在文学世界中感受辽阔大地上的人文情怀，感受内蒙古文学的独特魅力；期待内蒙古文学在中华文学版图上绽放出绚烂的光辉。

内蒙古文联党组书记、主席　冀晓青

# 目录

contents

## 上部

下部

附录

huanghurenjia

# 黄河人家

## 上部

# 第一章　水泉村

黄河拐出的那个大水湾子不知多会儿有了神牛湾的名字，神牛湾又不知多会儿有了一户户的人家。

这一户户人家是耕田的王家、烧瓷的赵家、扳船的刘家。

王家后代王有德今年多少岁了，连他自个儿也记不清了，可越是一年年地老了，小时候的事越是梦一样地萦绕在他的脑海里。

他眨巴着湿漉漉的眼睛，吧嗒着干瘪瘪的嘴巴，又回想起小时候，爷爷王满粮在他耳边念叨的那几句顺口溜：

山西保德州，
十年九不收。
男人走口外，
女人挖野菜。

他的祖籍就在山西保德的水泉村，虽说叫了水泉的名字，可哪里有泉、哪里有水？常年旱着，没有雨水的滋养，抬头望去，满眼都是荒荒漫漫的高山、荒荒漫漫的平地、荒荒漫漫的圪梁。

春天是万物生发的时节。水泉村的高山、平地、圪梁也得知了春的讯息，然而，却没有雨水要来临的讯息。

可是春天毕竟来了，干渴的水泉村也有了春天的小模小样。

平地、圪梁上的草用尽全力吐出一个个的嫩芽芽，高山上的树使尽招数长出一片片的绿叶叶。

只几天工夫，远远望去，荒荒漫漫的高山、平地、圪梁也有了一点儿绿色的春意。

一个冬天，破门烂窗的土坯房里寒气逼人，米缸、面袋见了底，大人娃娃肚囊空空地躺在或坐在家徒四壁的屋子里。

他们饿得抠心挖肚也想不出个能吃饱饭的法子，便扶着墙慢慢地走出屋子、走出院门。

四下里望去，空空干干的野地里，哪有一星半点能吃进肚子的东西。

有人拿起一块儿干干硬硬的黄土，放到嘴里含着、抿着，冰冻的黄土化进肚子里，肚子里好歹有了一点儿东西，不那么空得难受了。

这是救命的观音土，却也是要命的恶魔土。

肚子里有食的充实感诱惑着不要命的人们，把一块块的观音土吃进肚子里。

这些饿急的人们被诱人的观音土撑死在冬天里，被寒光闪闪的冷刀子杀死在野地里。

寒风凛冽的冬天收起它寒光闪闪的冷刀子，一抽身走得无影无踪了。春天暖暖的阳婆、柔柔的春风也唤不起那些冻僵的身子了。

饿了一冬天、冻了一冬天，熬过寒光闪闪的冷刀子的人们，从破门烂窗的土坯房里踉踉跄跄地走出来。

天上落不下雨，地里打不出粮，吃不饱肚的人们该咋活哩。

女人手里拖着大的娃、怀里抱着小的娃、胳肢窝里夹着一只烂口袋，走到平地上挖着野菜，爬到高山上、圪梁上揪着树叶。

推开土坯房的两个烂门扇，最显眼的是挨墙放着的两个黑咕隆咚的菜瓮。

女人将野菜和树叶上的土抖了抖，腌到两个菜瓮里。

苦菜在菜瓮里腌上一些日子就成了酸菜，腌成酸菜吃着就不那么苦了，也容易咽到喉咙里、吃到肚子里了。

两个大瓮里都沤了苦菜，这个瓮里沤好了吃这瓮，那个瓮里沤好了再吃那瓮。

苦菜，常常吃得人大口大口地吐着酸水，可没有吃食的荒年，不吃苦菜又能吃啥哩。

王满粮饿得前心贴后背，想着吃点儿观音土来填填肚子，可看着吃了观音土撑死的男人女人、老人娃娃，吃观音土的念头也被吓回去了。

好不容易挨到春天，他牙一咬、脚一跺，领着十岁的儿子长命跑了口外。

他拉着儿子的手，一步一步地往村外走着时，看到村子的平地里、圪梁上爬着一群挖野菜、揪树叶的女人和娃娃。

他知道，用不了多久，地上的野菜、圪梁上的树叶就会被那一双双干瘦的手挖尽揪光。

看着出去挖野菜的老婆和闺女，尽管有些不舍，他还是被眼前的这幅惨象吓住了，恨不得领着儿子立刻离开这个怕人的地方。

他已顾不上老婆和闺女了，他只想着把儿子带到个能活命的地方，好保住王家的这棵根苗。

# 第二章　偷钱

王满粮拉着儿子长命的一只小手，昏头搭脑、有气无力地往前走着。

每次抬眼望去，四下里都是干干虚虚的黄土，脚踏在上面，立马腾起一层黄黄的烟尘。

他们两个困在自个儿踏出的黄尘里，口鼻扑满黄黄的尘。

他们被这热乎乎、灰扑扑的黄尘围绕着、裹挟着，脚下打着绊，身子打着晃。

他觉着，儿子的手在自个儿的手里越来越软、越来越小。

他低头瞅一眼儿子，儿子的头上戴着一顶土帽子，身上披了一件土褂子，光脚板踏在虚虚的虚土上，发出扑扑扑的声儿。

他觉着，裹了一圈黄尘的儿子非但没有胖大起来，反倒整个瘦了一圈、小了一圈，一双光脚板踏在黄土上的扑扑声儿也越来越有气无力。

他想着那些躺倒在野地里、圪梁上，再没能爬起来的男人女人、老人娃娃，生怕儿子一头栽倒在地，再不能起来。

他叫一声儿子“长命”，儿子半天没应声儿。

他低头瞅了眼儿子，儿子闭着眼睛，像睡着了一样，可儿子的一只手拉在自个儿手里，另一只手还前后摆动着，两只光脚板也还前后倒腾着，踏在黄土上发出扑扑扑的声儿。

他抖一抖拉在自个儿手里的儿子的小手，儿子像刚从睡梦里醒过来，慢慢地睁开眼窝。

他又喊了声“长命”。儿子听到他叫唤，哑着嗓子小声儿说：“大[1]，俺饿。”说着嘴一瘪一瘪的，却哭不出声儿。

他叹一口气，想着，饿像一匹狼一样追着他，从他一落地，就一直追着他。

从能记事起，每天黑夜一闭上眼睛，他便看到狼的一对绿森森的眼正盯着他。

他在前面跑着，狼在后面追着，直到他抖着身子睁开眼睛，才把那头饿狼丢在黑夜里。

娶妻生子后，他想着把日子往好了过一过，再不让儿女挨冻受饿，可十年九旱的年景，还有啥盼头哩。

看着落地的儿子趴在老婆干瘪的奶头上哇哇地哭着，他便知道，那饿狼又追着儿子了。

见他半天不应声儿，儿子又哑着嗓子小声儿嘟囔着：“大，俺饿。”

儿子一喊饿，他的肚子也咕咕咕地叫起来。

他的身上没有吃食，也没法回应儿子。

他抬起头四下里看着，围绕着他们的还是黄黄漫漫、干干虚

[1]大：方言，父亲。

虚的土。

他拉着儿子的手慢慢地往前走着，边走边拿眼角往两边瞅着。

待看到荒野里那一棵挂着绿叶的树时，他的一颗心咚咚地跳着，他不相信野地里会有一棵树，他疑心是不是自个儿看花眼了。

他用手揉了揉眼窝，那果真是一棵树，那树上果真挂着绿油油的树叶。

他呆呆地站在那里，定定地瞅着面前的那一棵树。

儿子随着他的脚步停下来，疑惑地抬起头瞅着他，顺着他的目光扭头看向远处。

儿子也看到了那一棵树，儿子喊了一声“树”，就挣脱他的手向着远处的树跑去。

他望着跑起来的儿子，脸上露出一丝笑来。

他看到，儿子张开的两条胳膊细细的，跑着的两条腿颤巍巍的，跑着时左脚被右脚绊了一下，一个趔趄差点儿摔倒了，可儿子还是跑了起来，不大工夫就跑到了树跟前。

他也想跑起来，可觉着胳膊腿没有力气，就不紧不慢地向着那棵树走去。

等到了树下，他高兴得咧开嘴笑了，原来星星点点的绿叶掩着的是一串串嫩绿的榆钱。

# 第三章　救命树

儿子张开两条胳膊抱着树，抬头一眼眼地瞅着树上的榆钱，好像生怕这树或树上的榆钱跑掉了。

王满粮低头看了看地，又抬头看了看树，脚下的地还是干干黄黄的，这棵树也是干干瘦瘦的，可干干瘦瘦的树上却挂着绿的树叶、嫩的榆钱。

他蹲下身子，儿子一下子跳到他的脊背上。

他慢慢立起身子，儿子的手碰到绿的树叶和嫩的榆钱，却被啥咬着似的一下子惊叫起来。他知道，儿子并没有被啥咬着，只是被绿的树叶和嫩的榆钱惊吓到了。

看他站起来，儿子的两只脚踩到他的背膀上，接着又把脚挪到树杈上。

看儿子站到树杈上，他往后闪了闪身子，抬头看了看树上的榆钱，把身上那件又脏又黑的烂布褂子脱下来，用两手把烂布褂子撑在胸前。

儿子小心地把手伸向树上的榆钱，两只小手轻轻一捋，手里就有一小把榆钱了。

儿子看了一眼手里的榆钱，一张嘴扑到手里的榆钱上，嘴动了几下，榆钱就一个不剩地进了儿子的大嘴。

儿子低头看了他一眼，便急切地伸出手，又急切地捋了一把榆钱，蹲下身子把榆钱送到他的嘴边。

他张开嘴，儿子手里的榆钱便进了他的嘴里。

儿子看他吃到了榆钱，脸上露出笑来。

他一边慢慢地圪抿[1]着嘴里的榆钱，一边眯着一双笑眼望着儿子。

榆钱凉凉的、薄薄的，含在嘴里还没用牙咬就化掉了。

化在嘴里的榆钱香香的、甜甜的，他已经好久没有吃到这么香、这么甜的东西了。

儿子又捋一把榆钱送到自个儿的嘴里，再捋一把榆钱送到他的嘴边。

他慢慢地嚼着嘴里的榆钱，化掉的榆钱汁流进肚子里，肚子被榆钱汁滋润得舒舒服服的。

他用两手往上撑了撑烂布褂子，儿子再捋了榆钱就小心地放到他撑开的烂布褂子上。

吃了榆钱的儿子一下子有了力气，两脚在树杈间来回腾挪，两手在树枝间上下翻飞。一会儿工夫，他撑起的烂布褂子上就落满了嫩绿的榆钱和树叶。

看儿子摘掉树上的最后一串榆钱、最后一片树叶，他便把落满嫩的榆钱和绿的树叶的烂布褂子小心地放到地上。

---

[1]圪抿：方言，慢慢地吃。

等他站起身走到树下时，儿子便把踩在树杈上的光脚板挪到他的肩膀上。

他扶着瘦瘦的树干，慢慢地蹲下身子，儿子从他的肩膀上跳到地上。

他抬头望着这棵被捋尽榆钱和树叶、露出干瘦僵硬树枝的老树，眼眶一热，差点儿掉下泪来。

他仰了仰脑袋，把眼泪逼回眼眶，小声喊着儿子长命。

儿子正对着烂布褂子上的榆钱笑着，听到他叫就抬起头来瞅着他。

他摸着瘦树的树干说："长命，俺娃记着，这是咱的救命树，咱的这条命是这棵树救下的。"

儿子疑惑地瞅一瞅树，瞅一瞅他，又低头瞅着烂布褂子上的榆钱笑着。

看儿子尽瞅着榆钱傻笑，他叹了一口气，走到烂布褂子前，伸手在烂布褂子上抓了一大把榆钱递到儿子面前。

儿子用两手把榆钱接过来，几口就把一大捧榆钱吃进了肚子。

他把烂布褂子里的榆钱和树叶小心地归拢好，用烂布褂子小心地包裹好，再小心地抱在胸前，像抱着一个娃儿。

一路走来，儿子悄没声的，不说不笑，一张扑满黄尘的脸皱皱巴巴的，像愁眉苦脸的老头，吃了榆钱后，儿子的脸舒展开来，小脸上也有了笑模样。

吃了榆钱，父子俩的脚根底一下子长出了力气，儿子赤脚板踏在黄土路上的扑扑声也轻快了许多。

# 第四章　大水湾子

王满粮抬头望望天，瓦蓝瓦蓝的天上没有一丝云彩。他知道，这样的旱天不会落下一个雨点子。

他以前望着这天时，心里不止一次骂过这蓝得出奇的天，这会儿，望着这蓝得出奇的天时，他却觉出这天的好来。

天无绝人之路，这天尽管不下雨，可这天还是好的，凭空给他们种下一棵树，救了他们爷俩的命。

有了烂布褂子包着的榆钱，他就不愁路上没有吃的了。

况且这榆钱里还有水哩，尽管榆钱里的水越来越少，可这榆钱比树皮、树叶好吃多了。

这干干硬硬的荒郊野外，积不下雨水的地里能长出一棵树，那可真算是奇事了。

干干硬硬的、积不下雨水的土地咋能长出庄稼，长不出庄稼的土地咋能活人哩。

他得带着儿子走到有水的地方，走到能活人的地方。

有水的、能活人的地方就是口外，只有走到口外，他和儿子才能活下来。

正一步一步地往前走着，他忽然觉着身上一下子凉快了许多。

他被凉凉的风围着、绕着，浑身上下都是那么舒坦。

回头看时，儿子已爬上了不远处的一道圪梁。

儿子站在圪梁上，一惊一乍地喊着：“大、大。”

他以为儿子看见了狼，心下一惊，甩开腿跑起来。

刚跑了两步，听儿子又一惊一乍地喊着：“水、水。”

听到儿子“水、水”的喊叫，比听到“狼、狼”的喊叫更让他吃惊。他想着，这荒山野岭的哪有水呀。

他定了一下神，还是三步并作两步向着圪梁跑去。待跑上圪梁，他一下子惊呆了，那真的是水呀，他从来没见过这么多水。

在两道离得老远的圪梁间，一湾子水宽宽展展地流着，从哪儿流过来看不清，往哪儿流去也看不清。

不见头不见尾的一道水，就那么海海漫漫地流着，像流了几百年、几千年、几万年。

儿子扑到大水湾子边蹲下身子，捧起一捧水，将嘴探到水里，没命地喝起来。

望着从儿子指缝间流下的一串串水珠，他咽了一下口水，也紧走两步扑到大水湾子边。

他将一双手伸到水里，又吓得赶紧把手抽出来。

凉凉的、薄薄的水把他的手弄得麻酥酥的，让他有些害怕。

他看一眼儿子，儿子正捧起水哗哗地洗着脸。

他又把手伸到水里，捧起一捧水，嘴探到水里畅畅快快地喝了一气。

喝过了水，他也用这清清凉凉的水洗了一把脸。

他站起身来，看到不远处山梁上的树已吐了叶，草也发了芽，绿茵茵的，特别喜人。

抬眼看着远处山梁上绿油油的树，近处河湾里宽宽展展的水，想起那棵救命的榆树，他不由得扑通一声跪在圪梁上，连着磕了三个响头。

他心里想着，他不是寻有水的地方、能活命的地方嘛，这不就是有水的地方、能活命的地方嘛。

他的背上背着一把铁锹，要是路上碰着饿狼，他就打算用这铁锹来劈狼。

一路上，他们父子俩侥幸没遇着饿狼，这铁锹也没派上用场。

打算在大水湾子旁边扎占[1]下来时，他从背上取下铁锹。

眼睛从大水湾子上收回来，他又望了一气不远处的那一道山梁，便提着铁锹从圪梁上下来，径直向那一道山梁走去。

他气喘吁吁地爬上山梁，在一棵树前停下来，抬头看着挂着零星绿叶的树冠。

---

[1]扎占：方言，住。

# 第五章　红果子

儿子爬上山梁后，站在那儿喘了几口气又喊起来：“树，树……”边喊边迈开双腿跑起来。

儿子跑到树跟前，抬起脑袋望了望。没望到嫩绿的榆钱，儿子有些失望，可还是一动不动地盯着那一篷长着绿叶的树冠。

王满粮蹲下身子，让儿子踩到他的肩膀上，他再用两手扶着树干慢慢地站起来。

等儿子将两脚从他的肩膀上挪到树杈上，他就离开树干，站在树下看着儿子。

听树上的儿子惊叫了一声“果子”，他吓了一跳。

儿子扭过身来，手里举着一颗红红的果子，两个脸蛋也红红的，像被阳婆烤热了一样。

他瞪大眼睛看着，那确实是一颗红红的果子。

在老家时，他带着儿子上山寻吃的，有时也能在树上摘到几颗红果子。

儿子伸长胳膊把红果子递过来，他伸出手将红果子接住。

他端详着手里的红果子：不甚大的红果子圆圆的、硬硬的，有一股子说不出的清香。

儿子又喊了一声“果子”。

他抬起头，看见儿子手里又举着一颗红红的果子。他伸出手，将儿子递过来的红果子接住。

看儿子在树上挪着脚，搜寻着红果子，他笑了。

儿子从树上下来时，他的手里已有了六颗红果子。

看儿子眼睛盯着他手里的红果子，他就把一颗红果子递到儿子手里。

儿子举着红果子瞅了一气，把红果子送到嘴边咬了一口。

儿子嘴里含着红果子，身子抖了一下。

他也把一颗红果子送到嘴边咬了一口，红果子甘甜的汁液涌进了他的喉咙，他的身子也不由得抖了一下。

他闭上眼睛一动不动地站在那里，任这甘甜的汁液流进他的喉咙，顺着喉咙流进他的肚子里。

他连着吃了两颗红果子，这红果子甘甜的汁液便滋润了他的喉咙、肚子两次。

提着铁锹从山梁上下来时，他觉着腿骨硬硬的，握着锹的两只手好像也有了力气。

他把手里的两颗红果子举在眼前，一眼一眼地瞅着。他不知道，是大水湾子里的水，还是山梁树上的果，让他的身上一下子长出了力气。

瞅着眼前的山、山上的树、不远处的水，再低头看着手里的果，他的脸上泛出笑来。

他觉着，这个有山、有水、有树、有果的地方是个能活人的好地方。

# 第六章　窑洞

王满粮绕着山梁来回走了一圈，在向阳的一处山梁前停下来。

他拄着铁锹对着眼前的山梁瞅了半天，将铁锹靠在自个儿身上，往手心里唾了两口唾沫，再伸手抓起铁锹向着面前的山梁铲去。

喝的河水和吃的红果，让他身上长满了力气。

一下、两下、三下，锹头一锹锹地铲下去，土块扑啦啦地落下来，山梁上渐渐地显出一个模糊的半圆来。

长命站在父亲身后呆呆地看着，当父亲气喘吁吁地停下来，把铁锹丢给他时，他还站在那里愣神。

硬硬的锹把打在他的脑门上，疼了一下，他赶紧伸手抓住锹把。

他抓着铁锹走到半圆前，举起铁锹向着山梁上的黄土铲去。

喝的河水和吃的红果也让他的身上长满力气，可待手里的铁锹铲向山梁时，锹头只在山梁上留下一个浅浅的印迹，山梁下只落下一两点土星来。

他的脸上一阵发烧，后脖颈痒痒的，觉着父亲正嘿嘿地笑着看他。

往后退了一步，他学着父亲的样，把铁锹靠在自个儿身上，将一双手伸在面前，鼓了鼓腮帮子，在伸出的手心里唾了两口唾沫。

搓了搓手心里的唾沫，他把铁锹攥在手里，举起铁锹用尽全力向着山梁刺去。

随着手起锹落，锹头一下子刺进山梁上的土层里，铁锹铲下的土块纷纷落到地上。

看着落在地上的土块，他笑了，他觉着背后的父亲也笑了。

他又在手心里唾了两口唾沫，抓起铁锹向着山梁刺去。

一锹、两锹、三锹……他觉着两只胳膊软软的，快抬不起来了。

父亲喊了声："来，拿来。"

他听父亲的说话声高高兴兴的，他也高高兴兴地把手里的铁锹递到父亲手里。

父亲往手心里唾了两口唾沫，掌心对在一起使劲儿搓了搓，抓过铁锹向着山梁铲去。

喳的一声，铁锹铲到山梁上，一大块黄土从山梁上落到父亲脚下。

看着父亲一锹能铲下这么大一块黄土，他的心里眼里满是佩服。

他盼望自个儿快点长大，长得像父亲一样有劲儿，像父亲一样能干。

一会儿工夫，铁锹在山梁上铲出的半圆越来越大。

父亲顺着这个半圆一直往里铲着挖着，直到这模糊的半圆成了一个窑洞样。

父亲钻出窑洞，喊了声："来，把土铲出去。"

他还没走到父亲跟前，铁锹把就冲着他的脑门砸过来，他赶紧伸手抓住铁锹把，提着铁锹进了窑洞。

他撅着屁股，铲了一锹锹的土，一趟趟地把土铲到窑洞外面。

窑洞挖好后，父亲又领着他上了山梁，父子俩从山梁上拾了些干树枝和干树叶。

他们抱着干树枝和干树叶回了窑洞，把干树叶铺到窑洞的地上，铺得虚虚的、厚厚的。

父亲在窑洞口铲出一条沟，把干树枝插在沟里，用土把沟里的干树枝埋起来，再用两只脚来来回回地把土踩瓷实了。

他再抬眼望时，这窑洞的前面已挡了一道密密的树枝栅栏。

就这样，父亲在大水湾子旁边的山梁上挖了一个窑洞，为他们父子俩安顿下一个粗粗拉拉的家。

黑夜，他和父亲吃了剩下的两颗红果子，就睡在窑洞里虚虚的、厚厚的干树叶上。

一黑夜，他和父亲睡得安安稳稳的，像睡在家里一样。

# 第七章　野菜

早上，王满粮睁开眼睛，一时不知自个儿睡在哪里，待抬眼看到新挖的窑洞顶，又摸了摸身下的干树叶，才想起他和儿子已在大水湾子扎占下来。

闭上眼睛，他回想起自个儿和儿子跑口外的情景来。

他和儿子从山西老家一路走着，走得又渴又饿，又困又乏。

那时，他觉着自个儿和儿子要饿死或渴死在跑口外的路上了。

幸亏老天爷照应，靠着一树榆钱，他和儿子硬是走到口外，走到了有山、有水、有树、有果的大水湾子。

昨晚临睡前，他和儿子吃了两颗红果子，这会儿，肚子又咕咕咕地叫起来。

他睁开眼睛，看儿子正转着眼珠瞅着他们的新家，脸上露出笑来。

他翻了个身，身下的干树叶发出好听的喳喳声儿。

他从干树叶上爬起来，提起放在手边的铁锹出了窑洞。

肚子还是咕咕咕叫个不停，想起昨儿个吃的红果子，他又爬上了山梁。

山梁上的地平平展展的，平平展展的地上长着些绿茸茸的小草。

后面响起踢踢踏踏的脚步声，回头看时，儿子已向他这边跑过来。

儿子跑到一棵树下，抬起脑袋往树上瞅着。

儿子忽地喊“果子”，他也抬起头往树上瞅，果然又看到了那红红的果子。

他刚想蹲下身子，却看到儿子两手抱住树干就往树上爬去。

爬了一次没爬上去，儿子往手心里吐了口唾沫，又向着树上爬去。

再抬头看时，儿子已站在树上，光脚板子从一个树杈挪到另一个树杈上。

他把身上的烂布褂子脱下、撑开，儿子把摘下的红果子丢到烂布褂子上。

去年秋天结的红果子，大都掉在地上沤烂了，树上留着的几颗，成了雀儿冬天的吃食。

摘下的红果子，有的被雀儿吃掉一半，有的被雀儿尖尖的嘴啄得开了口，这被雀儿啄破的果却是顶甜的果。

他把红果子拿回窑洞里，和儿子分着吃了几颗，留下几颗等肚子饿时再吃。

窑洞虽能遮风挡寒，可没门没窗的，终归还不像家的样子。

可他想着，没门没窗有啥要紧的，顶要紧的是有吃的东西。

虽说山梁上有着绿的野菜、嫩的树叶，可窑洞里没有腌菜的大瓮，挖的野菜、揪的树叶只能现挖现揪现吃。

吃了两天野菜，看着儿子菜黄的小脸，他有些犯愁。

他在山梁上挖着野菜，揪着树叶，摘着红果。儿子在山梁上四处溜达着，可也不再高兴地喊着树或是果了。

他挖了一气野菜，一回头，儿子已溜达到了远处。再抬头看时，他已看不到儿子的影子了。

他慌慌地喊着“长命、长命”。

儿子在远处拉着声儿应着“唉、唉”，远处山的回音把儿子“唉、唉”的声儿传过来。

# 第八章　鬼火

那天黑夜，王满粮半夜醒来，到窑洞外撒完尿，回来正要躺下睡，一看儿子睡着的干树叶上空空的。

他以为儿子也到窑洞外撒尿去了，就喊了声“长命”，却没人应声。

他出了窑洞，再喊了声“长命”，还是没人应声。

连喊了两声，听不到儿子应声，他着了慌。

他想着，黑天半夜的，儿子去了哪里。

他回窑洞里披上褂子又出了窑洞，站在窑洞外愣了下神，便向着山梁上走去。

虽说春天天气暖和些，可黑夜还是有些冷，一阵风吹过来，他的后脖颈凉飕飕、麻森森的。

村里的老人说，人走夜路时，人的肩膀上担着两盏灯笼。肩膀上有了红红亮亮的灯笼，恶鬼就不敢和人捣乱。

人向左边一回头，左边肩膀上的灯笼便被吹灭了。人向右边一回头，右边肩膀上的灯笼也被吹灭了。肩膀上的两盏灯笼被吹灭后，恶鬼就要来和人捣乱。

儿子从来不走夜路，他也从没和儿子说过走夜路的规矩，要是儿子碰上恶鬼可咋办哩。

他想起他和儿子白天时爬的山梁，想着儿子莫非又上了山梁。

上山梁的路不好走，他想打着火镰[1]照照亮，摸了一下褂子外面的倒衩子[2]，却摸了个空。

他心下吃了一惊，想着应该是儿子拿走了火镰，心里不免有些懊恼，可一想到有火镰给儿子照着亮，他的心里又安稳了些。

他费了半天劲儿才爬上山梁，刚一爬上山梁，远处跳动的亮光就把他吓得瘫软在山梁上。

他揉了揉眼窝，向着远处的亮光望去，那是一团跳动的火苗。

夏天的黑夜里，丢着死人骨头的野地里会冒出鬼火，如果人看到鬼火后害怕得跑起来，那鬼火就会跟着人跑起来。

他想着，这山梁上难不成也有人住过，也有人死过？

那鬼火忽忽跳动着，照出一个黑乎乎的鬼影子，那鬼影子也随着鬼火跳动着、摇摆着。

待走近了一些，他看到那鬼火和鬼影子都在树上挂着。

他想着，莫非是个吊死鬼？

儿子白天还上树摘了红果子，他也吃了儿子从树上摘下的红果子，这样想时，他的头皮一阵发麻。

---

[1]火镰：取火的器物。

[2]倒衩子：方言，衣服口袋。

正胡乱想着，那鬼火和鬼影子慢慢地从树上落下来。

他睁大眼睛看，差点儿叫出声儿来，那鬼火和鬼影子正忽闪着向他这边蹿过来。

他想着，难不成鬼影子看到他在这里趴着？

他想跳起来、跑起来，又想着鬼火会跟了人跑，就抖着身子趴在地上没敢动。

他瞪大眼睛一直瞅着前面那红红的鬼火和黑黑的鬼影子。那黑黑的鬼影子和红红的鬼火一起往前蹦跳着，眼看离他越来越近。

他伸手在地上摸了一把，摸到一根硬硬的干树枝。

他把干树枝抓在手里，想着要是鬼影子和鬼火向他扑过来，他就用这干树枝扎那鬼火和鬼影子。

鬼火和鬼影子离他越来越近，他睁大眼再仔细一看，鬼火照着的鬼影子正是他儿子。

他的身子一下软下来，手里握着的干树枝也掉在地上。

他想站起来，喊一声“儿子”，可又想着，他这么站起来喊一声，非得把儿子吓出个好歹来。

儿子手里拿着的是几根点着火的干树枝，那烧着的干树枝给儿子照着路。

儿子就着亮，慢慢地下了山梁。

看儿子下了山梁，他也慢慢地向着山梁下走去。

他跟在儿子后面，看儿子进了窑洞，又从窑洞里跑出来，慌慌地四下里瞅着。他知道，儿子看他不在窑洞里着了怕。

儿子看他站在窑洞外，吓得叫了一声“大”，就丢掉手里着火的干树枝，一下子扑到他的身上来。

儿子颤抖地靠在他的身上，拖着哭腔一个劲儿地喊着“大，大”。

他伸出两只大手，轻轻地拍着儿子的后背。

想着一路的担惊受怕，他真想踹儿子两脚，可深更半夜的，又怕把儿子吓着，便忍住了。

他恼着脸说了声“睡觉去”。

儿子看他着了恼，小声说：“俺掏老家巴子[1]去了。”

他不搭茬，又喊了一嗓子，“睡觉去”。

儿子低下头，再不敢出声，乖乖回了窑洞，躺回干树叶上。

他坐在干树叶上想着心事，可想来想去的还是吃。最后，他还是迷迷糊糊地睡了过去。

他虽然早就醒来了，可还在干树叶上躺着。

儿子也早就醒来了，也在干树叶上躺着。

窑洞的里边丢着儿子的一件衣裳包，那衣裳包里一黑夜都扑棱着，还从里面传出一阵叽叽喳喳的叫声。

他从干树叶上爬起来。儿子看他起来，也嗖地从干树叶上跳起来。

儿子抱着衣裳包跑出窑洞，接着窑洞外面传来折断干树枝的嘎巴声。

一阵焦煳味儿飘进窑洞，接着他便闻到一股直钻到鼻孔里的肉香。

他吸了下鼻子，一边闻着掺和了焦煳味儿的肉香，一边想着黑夜上山梁掏老家巴子的儿子。

他在老家也干过这名堂。为了吃，他和村里人干过各种各样

---

[1]老家巴子：方言，麻雀。

的名堂，掏老家巴子、扎耗子、套兔子、逮野鸡，直到把山上的野物抓尽吃光。

嗵嗵嗵，儿子跑进窑洞，把一个烧黑的老家巴子递到他的面前。

他转头不看那烧得黑炭似的家伙，可是那肉香一个劲儿地往鼻孔里钻。

儿子可怜巴巴地看着他，他要是再不接的话，儿子没准就要哭出来。

他看一眼儿子瘦黄的小脸，从儿子手里接过那一个黑炭似的老家巴子。

儿子看他接过老家巴子，长长地出了一口气。

看儿子返身跑出窑洞，他又看了一眼手里烧得黑炭似的老家巴子，张开嘴咬了一口那黑家伙。

那冒着热气和香气的老家巴子一旦进了嘴里，他就管不住自个儿了。他三口两口把一个老家巴子吃到肚里，连外面那烧得焦煳的黑渣渣也没放过。

他不得不承认，老家巴子肉比没有一点儿荤腥的野菜和红果子好吃多了。

他不知道儿子掏了多少老家巴子，他把儿子送到他手里的三个老家巴子都吃到了肚子里。

吃完绿的树叶、红的野果、黑的烤老家巴子，他和儿子又到大水湾子里喝了一气水，肚子就圆鼓鼓的了。

大水湾子里有鱼，他和儿子来的第一天就发现了。

儿子要跳下水逮鱼，他一把将儿子揪住，照着儿子的屁股上踢了一脚。儿子委屈地嘟着嘴，还是一眼眼地望着河里的鱼。

他有些犯愁，儿子性子犟，认准的事十头牛也拉不回来。要是儿子偷偷跳到水里去捉鱼，被这大水冲走可咋好哩。

他吼喊了半天，儿子不情愿地跟着他离了大水湾子。

他领着儿子上了山梁，在山梁上转了一气，寻了一根结实的干树杈。

回窑洞寻了锨，他用锨头把干树杈削尖，拿着干树杈转回到大水湾子前。

儿子跟在他的屁股后头，不知道他要搞甚名堂。

待他拿着尖尖的干树杈对准水里游着的鱼扎过去，儿子高兴地叫起来。

他返身在儿子屁股上踢了一脚，儿子却还是高高兴兴地叫着："大、大，能扎住鱼吗？"

他把干树杈交到儿子手里，让他就在河边扎，不要到河里去，儿子使劲儿点了点头。

自那之后，儿子不到山梁上摘果子，也不到树上逮老家巴子了，一睁开眼睛，就拿着干树杈跑到大水湾子边上去扎鱼。

# 第九章 烤鱼

那一天，王满粮正躺在窑洞里想事情，忽听到儿子“大、大”的喊声。

他从干树叶上坐起来，从窑洞口望出去，只见儿子手里举着一条水淋淋的鱼，正蹦跳着跑回来。

儿子把鱼丢在地上，回来和他要了火镰又跑出窑洞。

随着干树枝烧着的噼啪声，一阵鱼肉的香味儿飘进窑洞。

一会儿，儿子用树叶小心翼翼地托着一条鱼，慢慢地走进窑洞。

那是一条一尺来长的鱼，白鱼已被烤成了黑鱼。

儿子把烤熟的鱼放到树叶上，急急慌慌地从鱼身上扳下一块肉，放到嘴里就嚼起来，却被鱼刺扎得哇哇大叫起来。

他赶紧摁住儿子的头，拍打他的后背，让他连肉带刺从嘴里吐出来。

他在儿子头上打了一巴掌，骂道：“饿死鬼转世的，慢点儿吃了哇。”

他从鱼身上扳下一块儿肉，把肉上的刺一根根地拔下来，然后把肉放到儿子手里。

儿子怯怯地看了他一眼，小心地把鱼肉放到嘴里，轻轻地咬着，咬了半天没咬着刺，才慢慢地咽到肚子里。

吃着鱼肉时，他心里想着，有了鱼肉吃，他们父子俩在这大水湾子就饿不死了。

可他又想着，人是吃五谷杂粮的，光吃山上和水里的野物咋行哩。

他觉着，要想吃饱，还得种庄稼，只有种了庄稼打下粮食，他的心里才能落了实。

心里落了实，他才敢安顿老婆和闺女，他们一家人也才能在一处过活。

儿子却不管这些，每天活蹦乱跳地到外面寻吃的。

学会了在河里扎鱼，儿子又瞄上了山梁上的野兔和野鸡。

他和儿子在山上摘野果子时，草丛里不时惊跳出一只野兔子，或者扑棱地飞起一只野鸡。

儿子或是大叫着“兔儿、兔儿”，或是大叫着“鸡儿、鸡儿”，然后呆呆地看着跑远的野兔或飞高的野鸡。

想着老家水泉村饿鬼般的男女，一双双枯瘦的手揪扯着树叶的样子，他的身上打了个冷战，他好像看见一伙人满山追着野兔、扑着野鸡。

野兔跑得快，野鸡飞得高，哪能那么容易得手，可儿子的犟劲儿上来，十头牛也拉不回。

早上，从窑洞里爬出来，儿子就上了山梁。

除了吃饭睡觉，儿子整天在山梁上跑来跳去，追着跑远的野兔，扑着飞高的野鸡。

开始，他怕山梁上藏着狼虫虎豹，儿子瞎跑乱逛被野物糟害了，可他和儿子在山梁上逛了几天，也没遇着这些怕人的东西。

他慢慢地放下心来。只要儿子能寻下吃的，他便由着儿子在外面扑腾了。

当儿子从山梁上捉回两只小灰兔，高高兴兴地拿了火镰要烤着吃时，他才急了眼。

看着团在地上瑟瑟发抖的两只小灰兔，他照着儿子的后脖颈就是一巴掌。

儿子摸着被打疼的后脖颈，扭过头疑惑地看着他。

他吼了一嗓子："送回去，哪儿掏的送哪儿去。"

儿子眼眶里憋着两泡泪，抱着两只小灰兔出了窑洞。

他怕儿子祸害了这两个小东西，跟着儿子上了山梁，看儿子把两只小灰兔放到兔子窝里，他才回了窑洞。

回了窑洞，儿子坐在窑洞里的干树叶上，胸脯一鼓一鼓的。

这些天，儿子一直瞄着山梁上的野兔和野鸡，每天早上一爬起来就跑出窑洞，一出窑洞就上了山梁。

儿子满山追着野兔和野鸡，可野兔跑得快，野鸡飞得高，儿子两条小短腿倒腾得再快，也跑不过长着四条腿的野兔和长着两片翅膀的野鸡。

儿子逮不住满山跑跳的野兔，却是寻着了野兔的窝，把两只小灰兔掏了回来。

挨了一巴掌，儿子好几天恼着脸不和他说话，他也不和儿子说话。他想着，磨磨儿子的性子也好。

和儿子犟了几天，他有些耐不住性子了，可又拉不下脸来先和儿子说话。

# 第十章　套兔

那天，王满粮一大早就起来，提着锹出了窑洞。

他偷看了下儿子，儿子躺在干树叶上，瞪眼瞅着窑顶。

他提着锹往山梁上爬时，回头又瞅了一眼，看到儿子悄悄地跟在他的后面，看他往后瞅，就赶紧藏了起来。

上了山梁，他瞅端了一气，就向着山梁的东面走去。

走了一会儿，他在一棵树前停下来。

他举着锹头，用锹头铲着树上细细长长的枝条。

看树枝铲得差不多了，他把锹丢在地上。

他一屁股坐在地上，拿着面前的嫩树枝出了半天神，两只手就忙活开了。

不用看也知道，儿子躲在山梁上的一棵树后面，正偷偷打量着他。

原来，他用嫩树枝编了一只网子，待网子收了口，他用手扯了扯，网子长一下扁一下却还是好好的，他的脸上不由得露出笑来。

他从地上站起来，拿着网子往前走去。

他扭头看时，儿子正从树后面探头看着他。

他喊了一声“长命”，儿子没答应，他又喊了一声，儿子才迟迟疑疑地应了一声。

嗵嗵嗵，他听到儿子跑过来的脚步声。

儿子跑到他的跟前，他扭头看着儿子。

儿子低下头不看他，他把手里的网子往地上一扔说：“去，套兔儿去。”

儿子抬起头，用两只黑亮的眼睛瞅着他，又瞅瞅地上的网子，高兴地应了一声“唉”。

儿子手里拿着网子跑起来，焉头搭脑的劲气一下子没有了。

他远远地看着儿子在兔子窝前舞弄着，他知道儿子不用他教咋样放网子、咋样套兔子，儿子做这些比他要灵醒。

待儿子放好网子，他过去检查了下，教儿子用土把露在洞外面的网子严严实实地埋起来，用树枝把土上面的手印子撣去。

看没啥不妥当的，他就和儿子起身离开了兔子窝。

他们在离着兔子窝不远的土圪塄后蹲下身子，观察着兔子窝周边的动静。

蹲了一会儿，儿子索性趴在地上，他也蹲得困了就仰身躺在草地上。

他用手摸着身下的草地，草地像一块绒绒的、厚厚的草毡子。

他从草丛里抠出一捏子土拿在手里看着，手里的土黑黝黝的，是肥力十足的好土。

正在他愣神的工夫，儿子轻轻碰了下他，小声地叫着“大”。

他慢慢地抬起身子，向着远处的兔子窝望去。

他看见，一只又肥又白的兔子蹲在兔子窝边，张开两只大白耳朵，像听着周围的动静。

兔子的脑袋一会儿歪向左边瞪眼看一看，一会儿歪向右边瞪眼瞅一瞅。

他回头看一眼儿子，儿子趴在地上大气都不敢喘一下。

那兔子听了一气，看了一气，慢慢地钻进兔子窝。

他招呼一声儿子，父子俩轻手轻脚地向着兔子窝摸去。

待快到兔子窝跟前时，他看到兔子白白的屁股一撅一撅的，像要从兔子窝里退出来。

他顾不得招呼儿子，三步并作两步跑到兔子窝边，两手揪住露在外面的网子，把网子合了口便使劲儿往外提。

待网子揪出来，他就看到了那一只肥肥的白兔子。

# 第十一章　牲灵

王满粮提着兔子网在前面走，儿子在后面颠颠地跟着。

回到窑洞里，他把兔子网和火镰交给儿子说："烤去哇，记住了，以后不要逮小兔儿、摸小雀儿。"

儿子高兴地答应一声："唉，大，俺记住了。"

儿子嗵嗵嗵地跑出去，一会儿工夫，他就闻到一阵和着焦煳味儿的肉香。

又过了会儿，他听到儿子嗒嗒的脚步声，待回头看时，儿子手里举着一根干树枝，干树枝上插着黑咕隆咚的兔子。

儿子从黑咕隆咚的兔子身上掰下一条腿递到他的面前，他接过来看了看，把这烤得焦黑的兔子腿递回到儿子手里。

看儿子不吃，他又从兔子身上掰下一条腿，举起来对着儿子晃了晃说"吃"，就张大嘴从焦黑的兔子腿上撕下一块儿肉来。

儿子龇牙笑了一下，便将一张馋嘴伸向兔子腿，津津有味地吃了起来。

兔子外面虽烤得焦黑，可咬开焦黑的外皮，包在里面的肉却又嫩又香。

一条全是精肉的兔子腿吃到肚子里，他的瘪肚子慢慢地鼓起来。

看着树叶上焦黑的兔子，他想着，要是敞开吃的话，再有一只兔子他的瘦肚子也能装得下，可他不能由着这馋嘴可劲儿吃，也不能由着这瘦肚可劲儿装。

他抹了抹嘴，躺倒在地上的干树叶上。

儿子抿着手指头上的兔油，还一眼眼地盯着树叶上的兔子。

儿子偷偷看了他一眼，他闭上眼睛假装睡着了。

他悄悄地把眼睛睁开一条缝，看儿子从兔子身上又撕下一块肉来，急慌慌地吃到嘴里。看着儿子的馋鬼样，他咧开嘴笑了。

前些天，看儿子到河里去扎鱼，他便独自上了山梁。

他在山梁上来来回回地走着，时不时地，他的脚步声会惊起一只兔子或是一只野鸡。

他的手里虽说提着铁锹，可这铁锹也打不住兔子、扑不住野鸡。

等兔子跑远了，他跑到惊起兔子的地方，扒开草丛看一气，可草丛里除了一泡兔子屎外，啥也没有。

他不死心，一看到惊起的兔子，就跑过去仔细地看一气。

那天，他看到兔子跳起来的地方有一些新鲜的黑土，待扒开黑土，便看到了一个圆圆的洞口。

他转头四下里看了看，这洞口在半山坡上，南边是一马平川的草地，东面有几棵小树。

他默默地把这个地方记在心里，就提着铁锹下了山梁。

他琢磨了好几天，才琢磨出套兔子的法儿。

他用嫩树枝编来编去，编了好几次才编好一个网子。

怕儿子看到，他把网子丢在山梁上，提着铁锹回了窑洞。

之后，他又上山看了几次，看那兔子一次次地钻进那个窝，他才放了心。

他领着儿子上了山梁，砍了些嫩树枝，三下两下编好了网子。

他拿着网子左绕右绕，最后在离那个兔子窝不远的地方停下来。

儿子把网子放到兔子窝里时，他也不知道兔子会不会回到窝里、会不会撞到网子上。

他的运气好，那一只兔子按照他的预想回了兔子窝、撞到网子上，他也算是在儿子面前挣回了面子。

为了那两只小兔子，儿子好几天没和他说话。

他想着，要是在老家水泉村，那两只小兔子还能留着，树皮都剥光了、草根都挖尽了，就算他不让儿子吃小兔子，别人也会吃。

可到了大水湾子，他不能再不管不顾地由着儿子糟害这些牲灵。

赶明，他还要把老婆和闺女接过来，他们一家人住在这个有山有水有树有果的好地方，要让这个好地方越来越好，他就得给儿子立些规矩。

儿子这会儿小，他还不能给儿子说一些大道理，等儿子长大了，自然就会明白。

他要告诉儿子，能到山梁上摘野果，却不能糟害结果子的树；能到河里去扎鱼，却不能糟害游着鱼的河；能到山梁上套大兔子、逮大野鸡，却不能捉小兔子、逮小野鸡。

他觉着，儿子虽犟些，可还是懂事、孝顺的，烤了兔子肉，忙不迭地跑到他的面前，揪了兔子腿先让他吃。

早上，他躺在窑洞的干树叶上想着心事，儿子早早地起来跑出窑洞，像个小大人一样到外面去打食。

跑口外的路上，他还怕儿子吃不了路上的苦，可一路走下来，儿子就像一下子长大了、懂事了。

# 第十二章　石片

天气一天天地暖和了，山梁上的野菜长得更多了，野花开得更旺了，兔子和野鸡也越来越肥了，还有河里的鱼也越来越多了。

儿子学会了扎鱼、学会了套兔，他们有了嫩的鱼肉吃、有了肥的野兔吃，可王满粮的心里总是不踏实。

他时常从草缝间抓起一把黑湿的泥土，低下头看一气，伸长鼻子闻一气，抬起头来却又长长地叹一口气。

他想着，要是这平平展展的土地都种上庄稼，那该多好哩。是呀，那该多好呀，可他的手里没有种子，这地咋个种法？

他想着留在老家的老婆和闺女，想着把她们接过来，可这窑洞走风漏气的，连个睡觉的炕也没有、连个做饭的锅也没有，老婆闺女来了，还不是和他们一起活受罪。

虽说不能种地，可他总得做点儿啥事情。

他想着，他得把窑洞修整好了，让这窑洞有个家的样子，再接老婆和闺女过来。

吃食的事儿不用他操心，儿子每天不是去河里扎鱼，就是去山梁上套兔。

野菜爬满整个山梁，绿茵茵的，看着特别喜人。

儿子到山梁上套兔时，也会顺手揪扯些野菜回来。

没锅没灶，没盐没醋，鱼肉兔肉吃的日子长了，嘴里也寡淡得没味儿。

儿子鼓捣着各种吃法，想让这没盐没醋的日子有些滋味。

儿子把洗净的野菜放到刮剥干净的鱼和兔的肚子里，再把鱼和兔放在火上烤熟。

等鱼肉和兔肉熟了，装在鱼肚子和兔肚子里的野菜也就熟了。

就着野菜吃着鱼肉、兔肉，眯眼瞅着儿子，他不由得笑了。

回头看着用干树枝插起来的走风露气的窑口，他想着脱些坯子把窑口垒起来，可手里就一把铁锹，想要脱坯也没那么容易。

儿子四处搜寻着吃食，他一个人围着山梁转着，想着从哪儿取土脱坯。

当他走到西边的山梁下时，忽地看到山梁上的一层层石片。

黄色的石片层层叠叠的，像垒起的一堵结实的墙。

他想着，要是窑洞口也有这么一道石片墙，冬天再硬的风也吹不进窑洞里了。

他爬上山梁，把压在石片上的虚土用锹铲开，挖出一层石片来。

他把铁锹丢在一边，两手揭起一块黄黄的石片。拿在手里的石片虽不是方方正正的，却也算得上齐整。

他把石片从山梁上抛下去，结实的石片落在黄土地上，掀起一圈黄尘来。

他望着抛下山梁的石片没缺一个角、没掉一个边，不由得笑了。

今儿个，儿子又烤了一条大鱼，鱼肚里照样裹着野菜。

这几天，这个有菜有肉的吃法，让他的肚子舒舒服服的。

他想着，要是哪天他不在了，儿子也能在这有山有水的地方活下来。可他又想着，没教会儿子种地，他咋能死哩。

吃过鱼肉，在窑洞里歇了会儿，他和儿子上了山梁。

他往山梁下抛了一气石片，就从山梁上下来。

他搬着大一些的石片，让儿子搬小一些的石片，父子俩一前一后向着窑洞口一步一挪地走去。

虽说窑洞口离着有石片的山梁不算远，可搬着石头疙瘩，来来回回的还是吃劲儿了些。

儿子看着搬回的硬邦邦的石头不是吃的东西，远没有到河里扎鱼或是到山梁上套兔那么来劲，只搬了几趟腿脚就慢下来。

扭头看着赖在后面的儿子，他的火气又上来了，三步并作两步走到儿子身后，照着儿子屁股上就是一脚。

儿子被他踢得差点儿跌倒，边扭过头拿赖眼看着他，边快步往前走着。

搬石头真不是好干的营生，来来回回地搬了一后晌，他的腰也疼了，腿也僵了，再看儿子的小脸黄黄的，没一点儿笑模样了。

# 第十三章　木杈

第二天天一亮，父子俩又出去搬石片。

搬了一前晌[1]，眼看着阳婆到了半天，肚子咕咕咕地叫个不停，王满粮停下来，叫儿子去扎条鱼晌午吃。儿子蹲在地上不动弹，他冲儿子吼了一声："反了你了。"

儿子看他着了恼，不情愿地从地上起来。

下了山梁，他到窑洞里取了木杈向着河边走去。

他在前面走着，儿子在后面跟着，父子俩一前一后到了河边。

站在河边，他不错眼珠地瞅着河水。

忽然看到一条鱼游过来，他猛地拿木杈向着河里的鱼扎去，待提起木杈一看，木杈上只带出些烂泥来。

他回头看一眼儿子，把木杈丢在儿子面前。

儿子看他没扎着鱼，憋着笑，瞅了他一眼，从地上把木杈拾

[1]前晌：方言，上午。

起来。

儿子拿着木杈来来回回地走了两趟，在河边一个低洼处停下来。

儿子弯着腰、低着头，手里紧握着木杈，像定在河边一样，一动不动地紧盯着河里的动静。

他远远地看着，看到鱼从儿子的眼皮子底下游过去，他急着想喊儿子扎鱼，又怕喊叫声儿吓跑了鱼。

正急得抓耳挠腮的时候，他听到扑通一声，儿子已将木杈狠狠地向着河里的鱼扎去，待提起木杈时，那木杈上已扎着一条摇头摆尾的大肥鱼了。

儿子举着木杈跑上圪梁，站在圪梁上高高兴兴地望着他。

自从发现了石片，他和儿子就有了事做。每天早上一起来，他就领着儿子去山梁上掏石片，从山梁下往窑洞前搬石片。

快到晌午，肚子咕咕咕地叫起来，他就让儿子去扎鱼。

儿子慢慢地习惯了这样的劳作，不紧不慢地搬着石片。到了晌午时，他说声“去哇”，儿子就停下手往回走，边走边揪扯些野菜。

回了窑洞，儿子拿着木杈去河边扎鱼。儿子扎鱼他帮不上忙，他还是一趟趟地往窑洞前搬石片。

当窑洞前堆起黄沉沉的一堆石片时，他就张罗着用石片砌墙。

赶着天气暖和，他想着赶紧把这石墙砌起来。等天气冷了，他和儿子就能在窑洞里暖暖和和地过冬了。

等到来年春暖花开，他就能把老婆和闺女接过来了。

想着，不久后，他和老婆、闺女、儿子在窑洞里，一起吃着饭说着话的情景，他的眼睛就湿了。

他在心里念叨着：“你们娘俩再熬一熬哇，再熬上一冬天，俺就把你们接过来。”

他本想赶在天冷前就把老婆和闺女接来，可眼看着天就要冷了，把儿子独自留在荒荒漫漫的山梁下，他又不放心。

想着在老家少吃没喝的老婆、闺女，他不由得心烦意乱。

他冲着窑洞里喊了声“长命”。

窑洞里的儿子不知是在琢磨啥事情，还是装着没听见，硬是没应一声。他一下子就毛了，又大声喊了一嗓子“长命”。

儿子边慌慌张张地答应着“唉，大”，边跑到了窑洞外面。

看儿子从窑洞里慌慌张张地跑出来，他的气也消了些，说：“把锹拿出来。”

儿子嗵嗵嗵地跑回窑洞，把铁锹拿出来递到他的手里。

他拿过铁锹，用锹把一堆土摊开来。他想着和泥，可他又发了愁，没有水，他咋个和泥。

他把铁锹丢在土堆上，坐在窑洞前的石片堆上，望着近在眼前的那一道圪梁犯开了愁。

翻过圪梁就是河水，可河水咋个能到了窑洞前。

河水不像河里的鱼，能拿木杈扎、用手抓；也不是山上的兔，能用套子套、用手提。

望着远处郁郁葱葱的大树，他想着，能不能剥了大树的树皮来抬水。

可想着老家被剥了皮露出白惨惨身子的大树小树，他觉着身上凉飕飕的。

俗话说：“人活一张脸，树活一张皮。”人饿急了就不要脸了，人不要脸就活得像狗一样，可像狗一样的人照样能活下来。要是把树皮剥了，那树就真的死了。

他不能再干这伤天害理的事，也不能再糟害这么个好地方了。

他得留着这个好地方给他的老婆和闺女看看，给他的后辈儿孙们看看。

眼看着到晌午了，肚子又咕咕咕地叫起来。

儿子回窑洞拿了木杈去河边扎鱼，他没事干，也随儿子到了河边。

河水还是那么宽宽展展的，一眼望不到头，一眼望不到尾，还是从没有头的远处流过来，又向着没有尾的远处流过去。

儿子一动不动地盯着河水，盯着河水里游过去的一条条鱼。

他知道，儿子的木杈一会儿就会扎下去，扎到一条鱼。

儿子确实又扎到了一条鱼，可儿子举起木杈的一瞬间，那鱼一扑腾又落到了河水里。

儿子急了，把木杈往身后一丢，两手伸到河里去抓鱼，可那鱼身子滑溜溜的，不等儿子上手，早就游得没了影。

儿子的两只袖子浸在水里面，等直起身时，袖子湿淋淋地滴着水。

盯着儿子两只滴着水的湿袖子，他忽地想到了抬水的法儿。

他把身上的褂子脱下来，用褂子把河里的水兜起来，急急地爬上圪梁，又急急地翻下圪梁，向着不远处的窑洞跑去。

到了窑洞前摊开的土钵子前，他把衣裳里的水一股脑儿倒在土钵子里。

看着褂子里的水流进土钵子里，他长长地出了一口气。

他提着湿淋淋的褂子回到河边，又兜了一褂子水，急急地爬上圪梁，又急急地翻下圪梁，向着窑洞跑去。

到了窑洞前的土钵子跟前，他又把褂子里的水一股脑儿倒在土钵子里。

这样，来来回回地跑了几趟，土钵子里就积了好些水。

他拿铁锹把土和水和到一起，来回搅拌了一气，就和起了一堆泥。

儿子提着鱼回来的路上，揪扯了些野菜，拾了些干树枝，把鱼串到干树枝上，在火上烤着。

他回到窑洞，躺在干树叶上，一边闻着窜到窑洞里的鱼肉香，一边望着那一截用干树枝插起来的木栅栏出神。

一会儿工夫，鱼烤好了，儿子用树叶托着烤好的鱼从窑洞外面进来。

他拾了几片干树叶放到地上，儿子把烤好的鱼放到干树叶上。

# 第十四章　石墙

吃完有肉有菜的鱼肉饭，王满粮就出了窑洞。

他想多和些泥，便把儿子喊出来，将那件湿褂子丢给儿子，让儿子提着湿褂子去兜水。

儿子扎鱼时，已看见他兜了水爬上爬下、跑来跑去的样子，不用他教，也知道咋把水兜回来。

看着兜了水跑回来的儿子，他的脸上漾起了笑。

他想把插在窑洞前的干树枝拔出来，可拔了几下却没能拔出来。

当初，他以为他们父子俩要在这插了树枝的窑洞里过冬，就把这树枝子插得深深的、踩得实实的。他用铁锹把树枝两边的土挖出来，才把树枝拔起来。

树枝拔出来后，地上露出一道深深的沟壕，他又用铁锹铲了土把这沟壕埋起来。

他喊了儿子，一起踩着埋在沟壕上的土，一双大脚一双小脚来来回回地把沟壕踩实了。

他一边踩着沟壕，一边瞅着旁边的石片堆。

他已瞅好了几块大石片，他要把这几块大石片垒在下面，小石片垒在上面，这样垒起的石片墙才稳当。

他铲了泥丢在踩实的土上，用锹头把泥刮平。

把铁锹丢在地上，他搬了大石片放到刮平的泥上，前后左右挪一挪、看一看，再挪一挪、再看一看，看石片放妥当了，又搬一块大石片放到泥上，直到一块块的大石片整整齐齐地铺成一道墙基。

他立起身子，回头拿了铁锹，铲了一锹泥丢在石片上，用锹头把泥刮开、用锹背把泥抹平，又铲一锹泥丢在另一块石片上，再用锹头把泥刮开、用锹背把泥抹平。

他喊儿子搬石片。儿子答应一声，搬了一块石片走到他的跟前。

他从儿子手里把石片接过来放到地上，回头看了看石片堆，走过去捡一块大一些的石片放到抹开的泥上。

他喊儿子挑大的搬，待儿子搬过来石片后，他瞅端着先把大一些的石片垒上去。

一层石片垒好后，他用铁锹铲些泥丢在垒好的石片上，用锹头把泥刮开，用锹背把泥抹平，再把儿子搬过来的石片垒到抹开的泥上面。

插树枝时，他留了窄窄的窑门，垒石片墙时，这个窄窄的窑门还是留着。

待石片墙垒了几层，他就从窄窄的窑门走到窑里面。

他进到窑里，站在垒好的石片墙后。石片墙已有他的膝盖高了，他感觉被挡在石墙里的膝盖暖暖和和的。

他走出窑洞，把儿子搬到跟前的石片垒到石片墙上，用锹把和好的泥抹在石片上。

石片墙一层层地加高，直到快半人高时，他才住了手。

快到晌午时，儿子没用他喊，就拿了木杈出去扎鱼了。

过了一会儿，儿子一只手挑着一条大鱼，另一只手里抓着一把野菜回来了。

鱼烤好后，他用手扳了一块鱼肉吃着时，看儿子瞅着垒起的石片墙一个劲儿地傻笑。

儿子说："大，这窑洞和咱家一样，到了冬天也不冷了。"

他扭头看看垒起半截的石片墙，又看看一没锅台二没火炕的窑洞，不由得心里一酸，可又想着，慢慢地就有了，慢慢地就好了。

儿子搬了一天的石片，他垒了一天的石墙，父子俩都累了。

阳婆落山时，他们停下手。

回了窑洞，父子俩摊手摊脚地躺下来，躺下来就打起了响亮的呼噜。

# 第十五章　聚宝盆

早上睁开眼，看着垒好的、结结实实的半截石片墙，王满粮的心里也踏实了些。

老家的房子都是土坯房、木格窗，这里虽有木头，可他不会木匠手艺，也就没法安一扇木格窗。

他爬起来出了窑洞，看到昨天和好的泥都用完了，石片也没几块儿了。

看着旁边的干树枝，他想着，干脆将这干树枝插到上面，冬天凑凑合合也能抵挡风寒。

他刚想喊儿子起来，又想着儿子搬了一天的石片，就让儿子多睡会儿吧。

他拿着褂子去了河边，兜了一褂子水翻过圪梁，向着窑洞跑去。

到了窑洞前，他把兜回的水倒在摊开的土钵子里。

等他抬起头时，看到儿子揉着眼睛从窑洞里走出来。

儿子不用他吩咐，就从他手里接过湿淋淋的褂子，迈着小碎步到河里去抬水。

儿子跑了几趟，他就又和好了一堆稀泥。

他把稀泥一锹锹地铲到垒好的石片墙上，又把旁边的树枝捋了捋，就跳到石片墙上。

他喊儿子给他往上递树枝，他把儿子递上来的树枝插到泥里，再用铁锹把泥拍紧压实。

树枝密密实实地插到泥里，他用铁锹把插着树枝的泥拍得紧紧的、压得实实的，待石片墙上插满了树枝，他们的窑洞就有了一扇用树枝插好的窗户。

窑洞有了墙有了窗，却没有门，他又想着怎样做一扇门。

他望了望不远处的山梁，提着铁锹上了山梁。

那山梁像个聚宝盆，他一没了法就想到山梁，好像一上了山梁，那法子就能想出来。

待上了山梁，看着绿茵茵的树枝，他果真有了法子。

他用铁锹砍了些嫩树枝，把这嫩树枝捆了一大捆，又到树林深处寻了一根粗些的树不浪[1]。

他让儿子扛着树不浪，他扛着那一捆嫩树枝，从山梁上下来，来到窑洞前。

他放下树枝捆子，用铁锹在窑门口挖了一个深坑。

他让儿子把树不浪扛过来放到深坑里，用掏出的土把树不浪埋到深坑里，用脚把树不浪周围的土踩实压瓷。

他从那捆嫩树枝里揪了一根结实些的树枝子，打算把这个树枝捆子绑在树不浪上，绑成一扇门的样子，能够拉开关上。树枝

[1]树不浪：方言，树棍。

捆子虽是绑上去了，可拉开关上却是有些费劲。

他索性把绑好的树枝捆子立在窑洞的豁口边上，等黑夜时就用这树枝捆子堵住豁口处。

# 第十六章　小雪

绿油油、花灿灿的夏天里，他们父子俩忙着搬石片，忙着垒石墙，忙着修葺安身的窝。

有一天，王满粮和儿子上了山梁，发觉地上的草已泛了黄，迎面吹来的风凉丝丝的。随着凉丝丝的风，几片黄黄的树叶飘落到地上。

他抬起头时，看到红红点点的果子挂了一树。儿子惊叫着：“果子、果子。”

他和儿子一夏天吃着鱼肉、野菜，早忘了结在树上的红果子。

看着诱人的红果子，儿子高兴地叫起来。

儿子三下两下蹿上树，站在树杈上仰头摘着一颗颗红果子。

他把褂子脱下来，再撑起来，儿子摘下的红果子就落到他撑起的褂子上。

儿子一边摘着，一边拿了红果子放到嘴里吃着。

看着满树红彤彤的果子，他任由儿子摘着、吃着。

摘了一气，儿子低头看着落满红果子的褂子，笑盈盈地从树上爬下来。

他和儿子又去套了兔子，儿子提着兔子，他提着包了红果子的褂子，一前一后下了山梁。

回了窑洞后，他把包着红果子的褂子放到窑洞里。

以往套回兔子，他都将兔子的肠肚掏净，把兔子串在干树枝上，连毛带皮的兔子架在火上烤着，毛烤得卷了，皮烧得焦了，肉也就慢慢地熟了。

这次套回兔子，他把兔皮剥下来，在河里洗净皮子上的血渍，再把皮子放在阳婆下晒着。

他想多集些兔皮，到了冬天，把兔皮铺在身下或裹在身上，好歹也能暖和些。

他用锹把打死兔子，再用锹头划开兔皮，然后一下一下地剥着兔皮。

听人说，活剥了皮的兔子，肉更嫩、味更美，可他咋也不敢这么做。

别说是剥活兔子，就是死兔子他也不想剥。

要不是没吃的，要不是为了儿子，他宁愿吃糠咽菜过活。

剥着兔皮，种地的念头又闪在他的头脑里。一想到种地，他就不由得叹一口气。

秋天一过就是冬天，天气说冷就要冷了。

天一亮，他就早早地爬出窑洞、爬上山梁，一趟趟地从山梁上往回拾干树枝、抱干树叶。

直到将窑洞外的干树枝堆成高高的一垛，窑洞里的干树叶铺了厚厚的一层，他才住了手。

第一场小雪下来时，他望着天上黑灰的云彩，小声念叨着：“快来了，快来了。”

天还没咋亮，他就站在窑洞外，高声亮嗓地喊叫着儿子。

儿子眯着睡眼被他喊起来，有些不情愿地跟在他的身后，向着山梁走去。

爬上山梁后，他等不及让儿子上树一颗一颗地摘了。

他从地上拾了一根干树枝，站在树下，对准树冠使劲抽打着，红果子被干树枝抽打得扑落扑落地掉在地上。

抽打了一气，他把褂子从身上脱下来铺到地上，让儿子往褂子上拾红果子。

褂子上堆满红果子时，他就用褂子把红果子包起来，让儿子背着褂子回去放下红果子，再把褂子拿回来。

他们站在树下使劲抽着，抽了一棵再抽一棵，儿子送了一趟又一趟。

他们把红果子包回来，放到窑洞外面的阴凉地。

红果子不怕冻，他们今年春天吃的就是去年秋天结下经了一冬的红果子。

# 第十七章　搬仓子[1]

王满粮告诉儿子，得多贮藏些吃食，即使冬天冷了，出不了门，打不回食，他们也不会饿死。

儿子也是饿怕了的，他一说怕冬天没吃的会饿死，儿子便幽幽地叹了一口气。

他们挨排抽打着树上的红果子，抽打不着的红果子就留在树冠上。

留在树冠上的红果子是雀儿的吃食，他们不想饿死，雀儿也不能饿死，他们得给雀儿留下点儿吃食。

冬天是最跟穷人过不去的季节，也是穷人最难熬的季节。

到了冬天，人被困在窑洞里，没吃没喝，忍不了饥，耐不了饿，跑到窑洞外，就会被冬天吃掉。

他知道，吃人的冬天迟早要来。

他和儿子都不能被冬天吃掉，赶在吃人的冬天到来之前，他

[1]搬仓子：方言，田鼠。

们要做好和冬天斗一斗的准备。

天气越来越冷了，鬼头鬼脑的冬天越来越近了。

赶在吃人的冬天到来之前，他和儿子像搬仓子一样往回倒腾吃食。

每天阳婆红黄的光刚爬进窑洞，他就喊儿子，他和儿子从兔皮褥子上爬起来，裹着兔皮出窑洞。

他领着儿子到河里扎鱼，到山上套兔、逮鸡。

鱼和鸡掏了肠肚，剥下囫囵兔皮洗净血渍放在窑洞外面的阴凉处，用树枝遮盖好。

看着堆在窑洞外的一大堆干树枝、干树叶，还有遮盖着干树枝的鱼、兔、鸡，他的心里踏实了许多。

那天阳婆刚落山，天就刮开了大风。窑洞的窗上、门上虽插了挡风的树枝，可风照样从树枝的缝隙间灌进来。

尽管身下铺着毛茸茸的兔皮，毛茸茸的兔皮下又铺着厚厚的干树叶，可他还是冻得直打哆嗦。

儿子蜷着身子紧紧地贴着他的背，他翻过身将儿子搂进怀里。儿子睡梦中喊了一声“妈”，就呜呜地哭起来。

听着窑洞外面呼呼的风声、窑洞里儿子苦苦的叫声和哭声，想着远在老家的老婆和闺女，他的心里酸酸的，合着眼却咋也睡不着。

风吹了一夜，窑洞里冰凉冰凉的。他的身上也像结了冰一样。

早上睁开眼睛，在兔皮褥子上躺了一气，他还是没看到阳婆红黄的光爬进窑洞，可窑洞里却是白亮一片。

他哆哆嗦嗦地爬起来，裹着兔皮出了窑洞。

站在窑洞外，抬眼看去，天地已不是他昨天看到的那个天地了。

天地间白茫茫一片，起起伏伏的白像一头白而大的野兽一样卧在那里，既看不到头也看不到尾。

他知道，冬天这只没头没尾、不声不响的野兽到底还是来了。

在外面站了一小会儿，他就冻得直打哆嗦。

他揪扯了几根干树枝，跺了跺脚上的雪回了窑洞。

进了窑洞后，他将干树枝掰断放到一边，把干树叶拨拉成一小堆，从倒衩子里掏出火镰。

火镰的火慢慢地煨到干树叶上，干树叶一点点地着起来，慢慢地冒出烟、腾起火。

他把几截干树枝折断放到腾起的火苗上，烧着的干树枝冒出一股蓝烟。

儿子在睡梦里被呛得咳嗽了一声，睁开眼迷迷瞪瞪地看着腾起的火苗。

儿子哆哆嗦嗦地爬起来，抱着膀子哆哆嗦嗦地坐到火堆前。

烤了一会儿火，他们的身上暖和了些。

他用铁锹在窑洞边上挖了一个坑，把烧出的黑灰铲上埋在坑里。

窑洞外放着干树枝，窑洞里铺着干树叶，一个不小心着起火来可不得了。

# 第十八章　入冬

吃人的冬天来了，他们不能到河里去扎鱼，也不能到山上去套兔、逮鸡了。

他们被困在窑洞里，一天天地熬着日子。

肚子饿了，儿子到外面拿一条鱼、一只鸡或是一只兔来烤了吃。没有水，他们就吃一些雪水，或是啃咬几颗红果子。

他们被冬天这个妖怪困在窑洞里，每天吃了睡、睡了吃。

王满粮盼着冬天快点儿过去，盼着春天快点儿到来。

每天翻来掉去地吃着鱼、兔、鸡，还有红果子，儿子有些腻烦了，他也有些腻烦了，可腻烦归腻烦，好歹还有吃的，有吃的才不会饿死。

吃着野物时，他不由得想起老婆和闺女。他不知道老婆和闺女有没有吃的，要是没有吃的，她们娘俩咋度过这怕人的冬天呢。

他后悔没赶在冬天到来之前把老婆和闺女接过来，这份后悔折磨着他，让他坐卧不宁。

父子俩吃了睡、睡了吃，不出去活动，就尽量少吃些。

要熬过一整个冬天，就得省着点儿吃，细水长流，每天都有吃的，才不至于饿死。

还是那句话，即使有吃的，他也不能由着自个儿的一张馋嘴敞开了吃，也不能由着自个儿的肚囊敞开了装。

睡觉却是可以敞开了睡，白天也睡，黑夜也睡，少活动些，还能省点儿吃食。

儿子却是烦闷得不行，不时走到窑洞口向外看一看、瞅一瞅。

每天昏天黑地地睡着，也不管白天还是黑夜了。

有时白天睡着，黑夜醒着，有时黑夜睡着，白天醒着。

黑夜醒着或是白天睡着也没啥要紧的，反正是吃了睡睡了吃，反正也没有啥要紧的事儿。

睡得腰疼得不行了，他就起来溜达溜达，溜达得饿了就张罗着吃点儿东西。

睡在地上，眼睛闭着，耳朵特别灵。除了呼呼的风声，他能听到大水湾子里的水在厚厚的冰层下面哗哗流动的声儿。

他们钻进窑洞里熬冬，小动物们也钻进山洞里熬冬。他们睡着了，山梁上的小动物们也睡着了。

有时，他会听到一些细碎的响动，那是小动物在窑洞近处跑动的声儿。

他想着，这些小动物也像他儿子一样，熬冬熬得不耐烦了，就从山洞里跑出来，四处溜达一会儿，就赶紧跑回山洞里。

听到这些细碎的响动，他还是一动不动地躺着。

他想着，哪怕这些小动物跑进窑洞，只要有吃的，他就不想伤害它们。

可他又想着，要是哪一天，他们父子俩真的没了吃食，他们能放过这些小动物吗？一想起那抓心挠肺的饿，他就啥也顾不得了，他的脑袋里便只剩下一个吃。

他后来想着，那一匹狼也像他一样，也是被抓心挠肺的饿折磨得熬不住了，才从山梁的深处跑出来，跑到了山梁下面，寻到了他们的窑洞。

饿狼来的时候，冬天眼看着快过去了。冬天快过去了，他们有了盼头，可存放的吃食也快吃完了。

赶在冬天到来时，他和儿子像搬仓子一样不停地往回倒腾吃的。可倒腾早了，天气不上冻，吃的放不住。等天气上了冻，他们再去抓野兔或是野鸡，又能抓几只呢。

他们饿了就拿一只鸡或兔，回窑洞烤了吃，吃上点儿压住了饥，就把剩下的鸡或兔放到窑洞外面冻上，等下一顿拿回来消开了再吃。

好在每天躺在窑洞里，不用出力气，多少吃上点儿能续命就行。

那天，早上起来吃了几口兔子肉，他和儿子就又睡下了。

睡到后半夜，儿子哼哼叽叽地说肚子饿了想吃东西，他的肚子也咕咕地叫着，可他还是不想出去。

黑天半夜的，外面冷得刺刺啦啦的。

他从放吃食的地方摸着白天吃剩的半只兔子，哆哆嗦嗦地提着回了窑洞。

打着火镰，他把干树叶点着，把兔子肉放到火上烤着。

儿子已坐在火堆前，直勾勾地盯着兔子肉。

待兔子肉上滴下一滴滴的水和油，慢慢地消软时，他从兔子身上掰下一条腿递到儿子手里。

儿子接过兔子腿就张嘴扑到上面，像饿狼一样吃起来。

一条兔子腿眨眼就进了儿子的肚子，看儿子把吃剩下的骨头也咬得嘎嘣嘎嘣响，他就又撕了一块儿兔子肉递给儿子。

他吃了些，觉着肚里有了点儿东西，就住了嘴。

吃了兔子肉，围着烤兔子的火灰烤了烤，他把剩下的黑灰埋在窑洞边的土坑里。剩下的兔子肉就放到窑洞门口，他想着明儿个再往窑洞外面放。

没有了火，窑洞里黑洞洞的，他和儿子又躺下来。

刚吃了兔子肉，他还舍不得睡着。

他觉着，吃食在肚子里消化的时候，是最舒服、最享受的时候。

他想着，人有吃的真好，能吃饱肚子真好。

就在他最舒服、最享受的时候，他忽地听到一点儿不一样的响动。

开始是扑沓扑沓的脚步声，这脚步声不像之前听到的细碎的脚步声，这是一个大东西。

他的头皮一阵发麻，儿子也听到了响动，身子贴在他的身上。

待窑洞门口的树枝窸窸窣窣响着时，他一下子惊跳起来，伸手操起身边放着的铁锹。

他操起铁锹轻轻地走到窑门处，把铁锹横在树枝捆子上。

树枝捆子被铁锹把硬硬地顶着，他觉着外面的啥东西也在硬硬地撞着树枝捆子。

他不知道那是啥东西，只是硬硬地顶着树枝捆子，一下也不敢松劲儿。

撞了半天，外面的东西好像有些泄气，离开了窑门口，可他还能听到扑沓扑沓的脚步声。

接着，他听到翻动树枝的哗啦哗啦的声儿。

他屏息听着，心一阵地狂跳，他听到的声儿是从放着野兔、野鸡和鱼的地方传来的。

他觉着，那个大东西在寻他们藏着的吃食。

那可是他和儿子过冬的、续命的吃食，他想出去和这个抢夺他们吃食的东西拼命。

他一只手拿着锹，另一只手揪着树枝捆子，他拿锹的手却被一只小手抓住了，原来是儿子的小手抓住了他的大手。

他和儿子立在窑洞门前，他一只手抓着树枝捆子，另一只手握着锹把，儿子的小手抓着他握着锹把的大手。

树枝响了一会儿，又响起了扑沓扑沓的脚步声。

他想着，那个大东西走了，他长长地出了一口气。

# 第十九章 饿狼

王满粮和儿子站在窑洞口，他一只手握着锹把，另一只手抓着树枝捆子，儿子用小手抓着他握着锹把的大手。

他们就那样一动不动地站着，一动不动地等着。

外面没了扑沓扑沓的脚步声，也没了哗啦哗啦翻动树枝的声儿，可他们还是一动不动地站在那里。

他像睡着了一样闭着眼睛，可他手里还握着锹把，一动不动地站着。

不知过了多久，觉着眼前一道红亮的光照进窑洞，他才慢慢地睁开眼睛。

阳婆从树枝的缝隙间射进来，照在他和儿子身上，也照在地上的树叶上。

像做了一个梦，望望儿子，再望望自个儿手里的铁锹，他忽然想起昨天要闯进来的那个大东西。

他想着举起铁锹，可胳膊没有一点儿力气，想着走到外面，腿却僵直得像一条棍子。

不管三七二十一，他只管举手抬腿，却是扑通一声倒在地上。

儿子被吓哭了，扑在他的身上喊着“大、大”。

他慢慢地睁开眼睛，笑着对儿子说：“不要哭，快给大揉揉腿和胳膊。”

儿子扑到他的身上，用两只小手在他的腿和胳膊上使劲儿地揉着、搓着。揉搓了一会儿，他的腿和胳膊活溜了。他让儿子把锹拿过来，再撑着锹站了起来。

他把窑洞口的树枝捆子搬开，一下子跳到窑洞外面。

他急急地走到藏着吃食的树枝堆前，翻起横七竖八的树枝，发现藏在树枝下面的鸡、兔、鱼全没有了。

儿子也知道藏吃食的地方，看着干树枝下面没了鸡、兔、鱼，儿子也蒙了，问着：“大、大，哪个了？”

他望着地上乱七八糟的脚印，断定这些不是人的脚印。

他仔细看了看，心想，那应该是狼的爪印。

回想着那个大东西撞树枝捆子的情景，他觉着那是一匹成年的饿狼。

这饿狼劲头十足，要是再斗个把钟头，他真不知道自个儿能不能扛得住。

饿狼开始是想着冲进窑洞里，撞不开挡在窑洞口的树枝捆子，才翻出了树枝下面藏着的吃食。

他揭开苫在红果子上面的树枝，用锹头拨开白白的雪，便看到了一颗颗镶在冰雪里的红果子。饿狼不吃红果子，一颗红果子也没拿走。

他看到，红果子外面包着一层亮晶晶的冰，亮晶晶的冰外面又裹着一层白泠泠的雪。

他用锹铲起红果子回了窑洞，将它们放到树叶上。

望着树叶上包着亮晶晶的冰、白泠泠的雪的红果子，他笑了，没了鸡、鱼、兔又能咋样?

只要还有窑洞住，还有红果子吃，他们就能熬过冬天，就能熬到春天。到了春天，他们就又能扎到鱼、套着兔、逮着鸡了。

对着红果子发了会儿愣，他返身用树枝捆子堵死了窑洞口。

躺在窑洞里，他手里抓着铁锹，瞪着眼睛、直着耳朵听着外面的动静。

和饿狼较了半天劲儿，他实在困乏得不行了，抓着铁锹的手慢慢地松开来，一下子就沉到睡梦里了。

正睡着，他看到一个大黑东西闯进窑洞里，径直扑向儿子。大黑东西像抓小鸡一样把儿子抓起来，向窑洞外面走去。

他要爬起来，可胳膊腿却软软的，抬不起来。

他的心疼着，他想喊那个大黑东西放下儿子，可他的喉咙像被人掐住了一样发不出声儿。

他一下子睁大眼睛，伸手去摸儿子。儿子在自个儿的身边躺着，一只手搭在他的胸口上。

他摸了一下脑门，摸到一手的冷汗。

他静下心听了半天，除了呼呼的风声，没听着别的声儿。

他爬起来，抓了铁锹轻轻走到窑洞口，屏声息气听了一气。

一边听着，一边想着饿狼差点儿顶开树枝捆子扑进来，他不由得又吓出一身的冷汗来。

# 第二十章　冰壳子

又是一个难熬的黑夜。王满粮瞪眼瞅着窑顶，盼着阳婆快点儿照到窑洞里、天快点儿亮起来。

当看到那一道熟悉的红黄的光透过树枝的缝隙射进窑洞里，他打了个呵欠，脸上不由得露出了笑。

一会儿，儿子翻了个身睁开眼睛，坐起来说："大，狼来了吗？俺梦到狼了，有这么大。"

儿子一边说着一边用手比画着，比画时身子抖了一下。

他想着，饿狼虽说是昨天黑夜没来，可说不准今天黑夜就会来。

天亮了，他得好好睡一觉，要不，到了黑夜就熬不住了。

他出去又拿了些红果子回来，冰冻的红果子上虽是裹着冰碴，可他和儿子还是吃了个净。

他过去检查了下挡在窑洞口的树枝捆子，返回来躺在兔皮上，把铁锹放到手边，对儿子说："长命，不要出外面，大睡一会儿。外面有啥动静，就用手揪大的耳朵。大醒不过来你就使劲儿揪，听到了吗？”

儿子一听父亲让他揪耳朵，眯眼笑着不作声。他喊了一声：“记住了吗？”

儿子嘴里虽是答应着，却还是半信半疑地拿眼瞅着他。

他把儿子的手放到自个儿的耳朵上说：“使劲儿揪。”儿子轻轻地捏着他的耳朵，边笑边慢慢地往上提着。

他伸手打了儿子一巴掌说：“使劲儿，听见了吗？”

儿子着了疼，手下发了狠，使劲儿捏着他的耳朵，用劲儿往上揪扯着。

他疼得一下子叫出了声，真想伸手打儿子一巴掌，却是苦笑着说：“对，对，就这样，使劲儿揪。”

他摊开身子，刚闭上眼便昏天黑地地睡去了。

正昏天黑地地睡着，忽地耳朵一阵疼，他猛地翻起身来，抓起铁锹向着窑洞口扑过去。

他把锹把横在树枝捆子上，用劲儿往外顶着，差点儿把树枝捆顶到窑洞外面去。

他回头瞪眼瞅着儿子，冲儿子招招手。

儿子走到他的身边，他趴下身子小声问儿子：“是不狼来了？听到甚响动了？”

儿子嘻嘻笑着说：“狼没来，也没听到甚响动。”

他不相信地看看儿子，又把耳朵贴在树枝捆子上听了一气，除了呼呼的风声，确实听不到别的声儿。

他拿锹把顶着树枝捆子，在窑洞口站了半天，确信外面没有怕人的饿狼，才离开了窑洞口。

他把铁锹扔在地上，瞪眼瞅着儿子。

儿子知道要挨巴掌，早跳到了窑洞紧里边，怯着声说：“俺饿了，喊你半天不起来，俺才揪你耳朵的。”

他一瞅窑洞里已黑洞洞的，才意识到他这一睡就睡了一天。

他瞪了一眼儿子，把堵在窑洞口的树枝捆子搬开，回身拿起铁锹，出了窑洞。

站在窑洞外面，他四下里看了看，外面是一眼望不到边的白得闪眼的雪，白得闪眼的雪地上没有饿狼的影子。

揭开窑洞旁边的树枝，他便看到了埋在白雪里的红红点点的红果子，拿锹一铲，红果子和白雪就被铲了起来。

他铲着白雪和红果子回到窑洞，把铁锹放到地上，回身把树枝捆子重新堵在窑洞口。

他和儿子坐在兔皮上，看着锹头上包着白雪的红果子。

一会儿，红果子上的雪化成了一层透亮的冰，红果子便被包在一层透亮的冰壳子里。

儿子拿起包着透亮冰壳子的红果子，连冰带果子一起吃到嘴里，嘴里便发出嘎嘣嘎嘣的声儿。

他也将一个包着透亮冰壳子的红果子吃到嘴里，嘴里也发着嘎嘣嘎嘣的声儿。

连着吃了几个包着冰壳子的红果子，他不禁打了个寒战。

他真想喝一碗热热乎乎的稀粥，暖暖冰冻的肚子，让冰冻的身子热乎起来，可哪有热热乎乎的稀粥。

他掏出火镰，把地上的干树叶点着，又把扳断的干树枝放到烧着的干树叶上，烧着的干树枝和干树叶冒起一股呛人的白烟。

他拿干树枝拨了拨，又趴下身子用嘴吹了吹，烧着的干树枝腾起红红的火苗。

儿子吃了几个冰冻的红果子，身上也发了冷，把身子往火堆前凑了凑，伸手烤着火。

烤了一会儿火，他的身上暖和过来，肚子里也舒服了些。

他将没了火星的黑灰铲上埋在窑洞边的坑里，把铁锹放到手边，就又躺下来。

自从下了大雪，他和儿子就被困在窑洞里，儿子变得闷闷的，整天不说话，有时还像大人一样幽幽地叹一口气。

可他想着，只要有窑洞住、有东西吃，只要饿不死、冻不死，就没甚怕的。

等天气暖和了，窑洞外面的雪化了，他们就能到外面刨闹吃食了。

# 第二十一章　春天

王满粮一直惦记着那头饿狼，他不知道饿狼会不会再下山梁来寻吃的。

他白天睡觉，黑夜手里握着铁锹，躺在地上听着外面的动静。

他一直等着，那饿狼却一直没有来，可他已等成了习惯。

天黑前，他拿着铁锹出去，铲一锹埋在白雪里的红果子。

铲回红果子，他就点着树叶、树枝，让儿子暖暖身子。

儿子吃了红果子、烤热了身子便躺下来。

他拨拉着火堆，直到儿子睡着，他才把黑灰铲到窑洞边上的坑里埋起来，再把铁锹放到手边才躺下来。

他瞪着两眼盯着黑黑的窑顶，竖着耳朵听着窑洞外面的动静。

山上的风大，每天黑夜，他都能听到窑洞外面呼呼的风声。这呼呼的风声有时听着像呜呜的哭声，他听着听着心里不免有些害怕。

再细听时，听到儿子均匀的呼吸声，他的心才慢慢地平静下来。

白天，他出去铲红果子时，盖在红果子上的雪已消成了亮白的冰。星星点点的红果子衬着白亮的雪、白亮的冰，越发红得好看。

他想着，冬天就要过去了。只要熬过这怕人的冬天，他们父子俩就能活下来。

熬着、熬着，他们真的熬过了冬天，他们真的盼来了春天。

当他们走出窑洞时，山梁上的雪大多化掉了，山梁又露出了黄黄的脊背。

经过一个冬天的熬磨，儿子又小了一圈、瘦了一圈，走路时两腿打着绊儿，像要摔倒一样。

经过一个冬天的熬磨，儿子像小苗一样朽了、枯了，待走出窑洞，被春风一吹、被阳婆一晒，一下子就又欢欢实实的了。

儿子裹着兔皮一奔子跑到大水湾子，大水湾子里的水还结着冰，儿子又一奔子跑到山梁上。

山梁上的树还没有吐绿，草也没有发芽，野兔和野鸡还躲在洞里猫冬，可树上的老家巴子却不怕冷，叽叽叽喳喳地从这棵树上跳到那棵树上，啄食着秋天剩在树上的红果子。

开春吃到的第一顿肉食，就是儿子逮来烤熟的老家巴子。

吃了这么长时间的红果子，他的肚子里一点儿油水也没有了，瘦肚子只包着薄薄的一张皮。

儿子把烤熟的老家巴子递到他的手里时，他被老家巴子的肉香熏得快要昏过去了。

他接过儿子递过来的烤得黑炭似的老家巴子，一口一个，连着吃了五六个。

吃完抹抹嘴躺下来，他享受着吃食在肚子里消化时舒舒服服的滋味，再不想说一句话。

他想着，吃饱真好，多会儿才能吃得饱饱的，让肚子每天都这么舒舒服服的该有多好。

他叹了一口气，觉着，要想吃饱，还得种地，只有地里打下粮食，他们才能吃饱，才不会饿肚子。

风照样呼呼地吹着，可吹来的风一天比一天暖和了。

一天天暖和的风吹得雪化了，吹得冰消了，吹得大地伸了个懒腰慢慢地醒过来。

山梁上的草吐出了嫩芽，树长出了绿叶，野鸡和野兔从洞里钻出来，舒舒展展地飞着、活蹦乱跳地跑着。

大水湾子里的水被阳婆晒得暖暖的，鱼儿在这暖暖的水里游得更欢实了。

熬过冬天，他们就不愁没吃的了。

吃了几顿烤老家巴子，他就吃着了儿子扎回的鱼、套回的兔、逮回的鸡。

上了山梁，看着草露了头、树发了芽，他就又惦记起了种地。

他蹲下身子，从草缝间抠起一捏子土，拿在手里看着、闻着，手里的土黑黝黝的，散发着好闻的泥土味儿。

他想着，这黑黝黝、肥腾腾的土地不种庄稼真是糟蹋了。

要是在这黑黝黝、肥腾腾的土地里种上庄稼，他们还愁没吃的吗？冬天里他们还用吃包着冰壳的红果子吗？

今年春天，他无论如何也得回趟老家，把老婆和闺女接过来，再拾翻点种子，回来把地种上。

熬过了冬天，窑里窑外也暖和了，山上山下也有了吃食，儿子冻不着、饿不死，他也就放心了。

可他的头脑里忽地冒出那一匹饿狼，他的心里一下子又七上八下的。

他知道这倒霉的饿狼还藏在深山里，可会不会再到山梁下面来，他却是拿不准。

儿子不愿意总藏在窑洞里，他想去河里扎鱼，去山上套野兔、逮野鸡。

儿子出去打食，万一碰着饿狼咋好哩，不要说娃娃，就是大人，碰着饿狼又能咋哩，谁能斗得过饿狼。

这几天，他手里提了铁锹，漫山遍野地逛着。

他盼望着饿狼能下山来，他能遇着饿狼，一锹把饿狼给劈死了，那他走着也就放心了。

他听村里的老人说，狼是铜头铁背麻秆腰，遇着狼不能打狼的头和背，要打狼的腰，照着狼的腰使劲儿打，才能把狼给制服了。

在山上转了几天，也没遇着饿狼，他有些失望。可他又想着，饿狼冬天下雪没吃的才下山了，这会儿山里的野物都出了洞，饿狼不缺吃的，也就不下山了。

# 第二十二章　树枝捆子

王满粮尽管有许多的不放心，可他还是决定要回趟山西老家，他不能把老婆和闺女撇在老家挨饿。

他和儿子说要回山西老家，让儿子一个人守着窑洞时，儿子高兴地说："大，你回哇，回个把俺妈和妹妹接过来。"

他瞅着儿子问："把你一个人留下，怕不怕？这山上可有狼哩。"

儿子笑着说："不怕，碰着狼，俺把狗的打死。"

他叹一口气说："记住，大回个接上你妈和妹妹就往回赶。"

"你这几天不要上山梁了，没吃的了就到河里扎条鱼。回来后，就把窑洞门拿树枝捆子堵死。吃饱了就在窑洞里待着，听见了吗？"儿子瞅着他，疑惑地点点头。

儿子在窑洞里熬了一冬天，好不容易熬到春天，好不容易能满山坡、满河滩地跑了，咋能愿意再在窑洞里待着。

他瞪了儿子一眼说："记着，吃饱了就在窑洞里待着，用树枝捆子把窑洞口堵死。能记住的话，大就回去接你妈和妹妹，记不住的话，大就不回去。"

儿子赶紧跳起来说："能记住，俺到河里扎了鱼就回来，回来把窑洞口拿树枝捆子堵得死死的，再不出去。"

说完儿子眼巴巴地瞅着他，小声说："大，把俺妈和妹妹接来哇，俺想俺妈和妹妹了。"说着就呜呜地哭起来。

听着儿子的哭声，想着在老家的老婆和闺女，他的眼眶也湿了。

回山西老家，咋也得准备点儿路上的吃食。

那天，他和儿子上了山梁，套回一只野兔。

山梁上已有了些野菜，他顺手揪扯了一把野菜。

他把兔子皮剥下来，让儿子拿到大水湾子洗净，放到外面晒着。

老婆和闺女要来了，他也得给她们娘俩拾掇点儿铺的和穿的，不能让她们冷着、冻着。

他把洗净的野菜放到野兔的肚子里，用一根干树枝把野兔穿起来。

儿子在窑洞外点着了火，从他手里接过野兔举到火上烤着。

一会儿工夫，他便闻到了掺着焦煳味儿的肉香。

又烤了一会儿，儿子举着烤熟的野兔回了窑洞。

儿子揪了一条兔子腿，递到他的面前。他看了一眼儿子，把兔子腿放到一边说，这个留下明儿个路上吃。

儿子又揪了一条兔子腿说："大，把这条兔子腿也带上哇。"

他对儿子笑笑，从儿子手里接过兔子腿放到一边。

他偷眼看着儿子，想着儿子长大了，不再是那个见了吃的就急急慌慌的、顾头不顾尾的毛头小子了。

虽说是许久没吃兔子肉了，可想着明儿个就要分开了，父子俩都没有胃口，吃了几口就躺下了。

躺了一会儿，他坐起来，儿子见他起来，也坐了起来。

他问儿子："跟你说的话，记住了吗？"儿子说："记住了。吃饱了就待在窑洞里不出去，回来就用树枝捆子把窑洞口堵死。"

他又说："黑夜不要睡死了，听见动静，就用锹把顶住树枝捆子，千万不要松劲儿。饿了就到河里扎鱼，不要到山梁上套野兔。"

他把拿锹打狼的绝活也教给了儿子，可他想着，要是儿子遇着了饿狼，一个娃娃，就是拿着铁锹，又咋能是饿狼的对手。

他叹一口气，想着，两头都是他的亲人，他哪头也舍不下。

他从褂子倒衩子里把火镰掏出来说："火镰给你留下。记着，这可是救命的家伙。要是丢了火镰，就算把你妈和妹妹接来，咱一家子也得饿死，记住了吗？"

儿子眼里含着泪，重重地点着头说："大，俺记住了，俺不会丢了火镰，俺等着你把俺妈和妹妹接来。"说着，儿子又呜呜呜地哭开了。

那一夜，想着就要离开儿子，他心里七上八下的，半天睡不着。

往常这个时候，儿子也早就睡着了，要是白天跑得乏了，他还会听到几声呼噜。

今儿个黑夜，他睡不着，儿子也没有睡着，一个劲儿地翻过来掉过去的。他说：“睡哇。”儿子应了一声：“噢。”

睡到半夜，他忽地听到一阵低低的哭声。他翻身坐起来，窑洞里黑咕隆咚的，细一听，原来是儿子睡梦中的哭声。

他拍着儿子，喊着“长命”。儿子虽是醒过来了，可还是抽抽搭搭地哭着。

儿子哭过之后，小声问：“大，俺妈和妹妹会不会死？”

外面的风呼呼地刮着，刮得窑洞外的干树枝哗啦啦地响着。

听儿子这样一问，他的头皮一阵发麻，心也不由得突突乱跳。他赶紧吼了一声：“不要瞎说。”

儿子拖着哭腔说：“俺梦见俺妈和妹妹死了。”

他扭过头对着儿子说：“再瞎说看俺不捶死你。你妈和妹妹好好的，记住了。”

# 第二十三章　圪梁

早上，天不亮，王满粮就起来了。

他昨天到山梁上用锹铲了两条结实的嫩树枝，把一条兔子腿用树枝拴绊好，另一条兔子腿给儿子留下，儿子又给他的褂子倒衩子里装了些红果子。

该嘱咐的夜里都嘱咐过了，这会儿想着，要把瘦瘦小小的儿子一个人留在口外，他的心里着实不落忍。可有甚法了？一头是他的儿子，另一头是他的老婆闺女，他哪头也舍不下。

他甩了甩头，心里苦苦地叹了一口气，一狠心一跺脚，迈开步子向前走去。

他在前面疲疲沓沓地走着，儿子在后面小声静气地跟着。

走到大水湾子跟前，他和儿子停下来，一齐下到圪梁下。父子俩低下头，趴在河岸边，喝了一肚子河水。

他从圪梁上下来，摆了摆手让儿子回去，儿子还是站在圪梁上眼巴巴地望着他。

他又摆了摆手，儿子扭身走了两步，又停下来回头望着他，然后歪歪斜斜往圪梁下走去。

看儿子下了圪梁，再望不到儿子瘦瘦小小的身影，他又叹了一口气，甩开大步往前走去。

待走出老大一截，他忍不住停下脚步，待回过头去，他看到，儿子正往圪梁上爬着。

爬上圪梁的儿子，摇摇晃晃地在圪梁上站定，远远地望着他。

抬眼望去，苍苍茫茫的河岸边显出一个黑点，那个黑点就是他瘦瘦小小的儿子。

随着他往前迈步，那黑点越来越小，他鼻子一酸，两泡眼泪瞬间打湿了眼眶。

他憋着两泡热泪向儿子挥了挥手，便扭过头向来时的方向，向着山西老家走去。

他知道西口路上的凶险，来时，他身上背着铁锹，想着万一碰着狼，手里有家伙，也有个招架。把儿子独自留在口外，他就把铁锹留给了儿子。

他心里念叨着："儿子，儿子，你好好守着窑洞，守着咱的家，等把你妈和妹妹接来，咱一家人热热乎乎地过光景。"

一想到一家人围在一起热热乎乎地吃饭、说话，他的心里就升腾着渴盼。

他抬手抹了一把泪，把和儿子离别的伤感甩在一边，开始想着和老婆、闺女相见后的欢喜。

身上带着烤兔子腿，走得累了饿了，他就停下来吃两口兔子腿，再吃上一两颗红果子。

他想着，要是跑口外的路上也能吃到肥肥嫩嫩的兔子肉、酸酸甜甜的红果子，那他还能把老婆和闺女撇在老家嘛。

这会儿正是开春时节，想着来时路上看到的拔野菜、剥树皮的女人娃娃，他的眼前就出现了老婆拉拽着闺女在野地里拔野菜的情景。

他想着，光吃野菜咋行哩，人还得吃五谷杂粮，要想吃五谷杂粮就得种地，就得让地里长出庄稼、打出粮食。有了粮食，他们一家人才不会饿死。

望着四下里干干虚虚的黄土，他又想起那一湾不知从哪儿流过来、又不知流向哪里的河水。

一想起河水，他又想起他和儿子在河岸边扎起的窑洞，想起了他和儿子到大水湾子喝水，到窑洞旁山梁的树上摘果的情景。想着这一切，他的脸上不由得露出笑来。

他和儿子赤手空拳地跑到口外，靠着老天爷照应，寻着了大水湾子这个好地方。

他们住在扎起的窑洞里，渴了就到河里喝水，饿了就到山梁上套兔、摘果、挖菜。如今，他和儿子饿不着、渴不着，他还有甚不满意的。

等回了村，他搜寻点儿种子，再把老婆和闺女一接，回去撒上种子，等地里长出绿油油的庄稼、打出黄澄澄的粮食，那日子就美上天了。

一想到绿油油的庄稼、黄澄澄的粮食，他的腿骨更有力气了，脚步也迈得更大了。

# 第二十四章　土坯房

路上碰到跑口外的男人、女人和娃娃一家三口，看女人手里拉拽着黄瘦得不成样的娃儿，王满粮的手不由得伸到倒衩子里，抓出一颗红果子放到娃儿细弱的手里。

娃儿一边用大黑眼睛定定地看着他，一边把手里的红果子放到嘴里，没命地啃咬起来。

看娃儿将红果子咬几下就往肚子里咽，他生怕红果子把娃儿卡住了，一个劲儿地说："慢点儿、慢点儿。"

娃儿还是被红果子卡着了，一个劲儿地咳着。女人有气无力地拍打着娃儿的后背，等娃儿停了咳喘，他又往娃儿手里放了一颗红果子，这次娃儿慢慢地啃咬起来。

女人看了看娃儿手里的红果子和吃着红果子的娃儿，一张黄瘦的脸上露出一丝有气无力的笑来。

他看女人眼巴巴地望着他，胳膊动了动，手抬了抬。

正在这时，一个有气无力却是浑浑厚厚的男人的声儿落下来

“走”。

女人的胳膊和手像被棍子抽打了一下，软软地掉下去，头也像没了脖颈一样，软软地垂到胸前。

他抬起头来，看到一个同样饿得有气无力的男人，可那黄瘦的脸上的一双眼睛却是大大地圆睁着，这一声怒斥就是从这个瘦弱的男人胸腔里发出来的。

瘦弱的男人疲疲沓沓地往前走去，瘦弱的女人拉拽着瘦弱的娃儿也慢慢地往前走去。

望着饿得有气无力的一家三口远去的背影，他又不由得想起了老婆和闺女。

一想到老婆、闺女和那个恓恓惶惶的家，他就不由得心里一紧。

他好像看到老婆和闺女软软地躺在炕上，正眼巴巴地盼着自个儿。

他用手按了按倒衩子，倒衩子还是鼓鼓的，他的心里踏实了些。

他和儿子吃了红果、喝了河水，身上有了力气，才安顿下吃饭、睡觉的窑洞。

老婆和闺女吃了红果，也能慢慢地长出力气。等老婆和闺女身上长出力气，他就领着老婆和闺女跑口外。

“三十亩地一头牛，老婆孩子热炕头。”这就是他盼望的好日子，也是许多庄户人盼望的好日子。

他盘算着，大水湾子那片平平展展的土地，何止三十亩哩。

窑洞也有了，等把老婆和闺女接过去，他再在窑洞里砌上一个锅头，盘起一铺火炕。

等有了种子，他和儿子用铁锹把地翻一翻，让老婆和闺女把种子撒在翻过的田地里。

山梁上的地都是好地，撒了种子的田地里，定会长出齐刷刷、绿油油的庄稼。

到了秋天，齐刷刷的庄稼就会结出沉甸甸的穗子，打出黄灿灿的粮食。

到了冬天，他和娃儿坐在热烘烘的炕上，老婆在地上张罗着饭菜。

他一边给娃儿们说些神神鬼鬼的故事，一边闻着从铁锅里飘散出来的米香味儿。唉，他们这过得可是神仙过的日子哩。

等地里的粮打得多了，他就琢磨着买上一个牲口。

虽是在大水湾子待了这些日子，可他还是不知道大水湾子到底在哪个方位，周围有没有村子、有没有集市，这牲口到哪里才能买到。

他一边迈步往前走着，一边眯眼想着和老婆、闺女在窑洞里热热乎乎一起过日子的情景。一路想着这些个美事，他的步子也轻快了许多。

又走了两天，他便看到了远处熟悉的山梁、近处熟悉的土坯房。

望着熟悉的土坯房，想着盼他回来的老婆和闺女，他的眼眶又不由得湿了。

他心里念叨着："俺回来了，来接你们娘俩了。"

抬头望了望天，低头看了看地，他看到，天还是他离开时的那片不下雨的天，地还是他离开时那片干得快要冒烟的地。

没有雨水的滋润，虽是到了春天，但远处的山梁还是光秃秃的、近处的土地也还是硬板板的。

望着光秃秃的山梁、硬板板的土地，他不由得又可怜起老婆和闺女来。

他想着，往年好歹还能看到点儿星星点点的绿，老婆和闺女还能揪扯些树叶、菜叶，今年看来是一点儿指望也没有了。

没了指望，老婆和闺女吃甚，他忽地想起儿子梦到的那个怕人的梦来。

想到儿子的噩梦和被噩梦吓醒后儿子说的话，他不由得打了一个寒战。

呸、呸、呸，他朝地上吐了几口唾沫，在心里骂着自个儿。眼看着到家了，眼看着就要见到老婆和闺女了，他咋能想这些倒霉事儿。

# 第二十五章　栅栏门

待走进村子，王满粮觉出了些异样。

整个村子哑呜静悄的，没有一点儿活人的声音。

他一边顺着村里的街巷往前走着，一边听着回响在空空的街巷里自个儿哐哐的脚步声。

望着那两间近在眼前的土坯房，他的心里不由得一阵害怕。

他站在原地打了个定醒，心里打劝着自个儿，眼看就要见着她们娘俩了，可千万不敢再胡思乱想了。

她们娘俩定是好好地待在屋子里，睁眼盼着他回来哩。

想到这里，他的脸上不由得露出笑来。他紧走两步，走到了那一处虽破败但熟悉的院落。

土坯墙还是他和父亲一起打的板墙，父亲不在了，西边的墙角也塌了一个角。

他早就想把墙角修补修补，可一直忙着刨闹一家人的吃食，连修墙补窟窿的心思也没了。

门口挡着的那一截树枝扎成的栅栏门虽是糟朽了，他也任由它糟朽着。

栅栏门许是好久没人开了，他往开推栅栏门时，糟朽的栅栏门像要散架一样，颤颤悠悠地落下些朽掉的树枝。

他的心里又是一惊，看样子，她们娘俩已是许久没有出门了。

想起儿子梦到的那个可怕的梦，他的头上不由得冒出了冷汗，身子也一晃悠，差点儿一头栽倒在院子里。

他定了定神，屏息听着屋子里的动静。屋子里也哑鸣静悄的，没一点儿活人的声儿。

他慢慢地挪动着步子，慢慢地向关着的屋门走去。

屋里的娘俩好像听到了他的脚步声，他也好像听到老婆对闺女说："快出去看看谁来了，是不是你大回来了。"接着，他仿佛听到嗵嗵嗵的脚步声从屋里传出来。

"闺女、闺女！"，他在心里欢欢喜喜地叫着。他好像真的看到扎着两根细黄辫子的闺女一边嫩声嫩气地答应着，一边欢快地跑到他的面前。

揉了揉眼睛，直了直耳朵，他并没听到老婆的说话声，也没看到欢蹦乱跳地跑出来的闺女。

他又想着，为了省些力气，她们娘俩才好久没出门。这会儿，她们娘俩许是睡着了，没听到他的脚步声。

想到这里，他的心里又欢欢喜喜的，一个劲儿地怪怨自个儿瞎想乱猜。

他三步并作两步走到门前，猛地把门拉开。

他又看到了那个熟悉的屋子，可他没有看到熟悉的亲人。

他看到炕上摊着两件衣裳，那正是老婆和闺女的衣裳。

老婆和闺女一年四季只有这一身衣裳，他是不会记错的，可穿着这衣裳的人去哪儿了呢？

他扑到炕边，想看个分明，可只看了一眼，他就晕了过去。

那哪儿是衣裳呀，分明是老婆和闺女薄薄的身子。老婆和闺女薄薄地摊在炕上，像两件摊开的衣裳。

醒过来后，他的脑袋还是昏昏沉沉的。

他一遍一遍地哭着喊着老婆和闺女，可即使千呼万唤，老婆和闺女也醒不过来了。

哭喊得乏了，他爬上炕，挨着老婆和闺女睡下来。

睡到半夜，他好像听到有人叫他的名字，仔细一听，原来是老婆在叫他。

他高兴地想着，老婆没死，老婆只是睡着了。

他看着老婆从炕上爬起来，下了地，接着他听到忽沓忽沓拉风箱的声儿和锅里呼哧呼哧冒热气的声儿。

一阵夹带着热气的米香味儿忽忽地飘过来，他张大鼻孔闻着这好闻的米香味儿。

老婆从灶前的木墩上站起身来，笑盈盈地瞅着他，亲亲热热地喊他起来吃饭。

他忽地睁开眼睛，看到天已经麻麻亮了。趁着麻麻亮的天，他抬眼瞅着炕下的锅台。

锅台前没有老婆的身影，锅台上的那一口铁锅还是冷冰冰的，没冒出一丝半缕的热气。他吸了吸鼻子，也没有闻到一星半点儿好闻的米香味儿。

他从炕上爬起来，低头看着炕上的老婆和闺女，老婆和闺女还是没有一丝声息、没有一点儿动静。

他悲苦地想着，他回来得迟了，老婆和闺女真的是饿死了呀。

# 第二十六章　烂席子

王满粮从倒衩子里把红果子掏出来，放到老婆和闺女头跟前。

他一路走一路想着，老婆和闺女吃了红果子就会有力气。老婆和闺女有了力气，他就能领着她们娘俩跑口外了。

领着老婆和闺女到了口外的大水湾子，他们种上些地，等地里打下粮，他们有吃的、有喝的，一家人热热闹闹地过日子，那该多好呀。

临走时，儿子哭着让他把他妈和妹妹接过去，可儿子咋会相信，他妈和妹妹会饿死在口里。

要是去年冬天回来就好了，那时老婆和闺女还没有饿死，想到这里，他的心一阵阵地疼着。

可怜的老婆和闺女，她们没吃过一顿饱饭，没穿过一件好衣，就这么走了。闺女，嫩芽芽的闺女还没嫁人哩。

他还想着，等闺女长大了，给闺女寻一个不愁吃、不愁穿的好人家，可闺女没等到这一天就走了。

他一个人到了口外，咋向儿子交代。他真想一头撞死在炕上，随了老婆和闺女去。可他的儿子还在口外，他咋能撇下孤孤单单的儿子。

当初，为了保全王家的这棵根苗，他拼着一条命带着儿子跑了口外。

老婆和闺女走了，他得把儿子拉扯大，看着他娶妻生子、承继香火。

他抬眼望了望窗外，窗外的天已大亮了。

他想起父亲死的那一年，年景还好些，他给父亲打了一口薄板棺材，把父亲抬埋出去。

这会儿，老婆和闺女死了，按理说，他也该打一口棺材把她们娘俩抬埋出去。可他又叹了一口气，哪有钱去打棺材。

他记着，父亲死后，他和老婆一哭喊，左邻右舍就都跑了过来。昨天黑夜，他也哭喊了一气，可硬是没一个人过来。

想着进村时空空的街巷，他叹了一口气，明白村里的人都是被饿狼逼走了呀。

坐在炕上，他琢磨着抬埋老婆和闺女的法儿。想着院子里原来有一辆手推车，不知这手推车还在不在。

他急急地走到院子里，当他看到那一辆破旧的手推车后，长出了一口气。

他抬起手推车的辕干，试着推了下手推车，手推车轱辘轱辘地动起来，他又长长地出了一口气。

放下手推车，他返身回了屋里，看着炕上的老婆和闺女，眼泪又不由得流了下来。

炕上铺着一张烂席子，没有棺材，他只能用这张烂席子来包裹她们娘俩了。

他心里念叨着："等口外的日子好过了，俺和儿子再回来，给你们娘俩做一口好棺材。"

想起儿子，又不由得想起儿子让把他妈和妹妹接去的话，心又是一阵阵地疼着。

他用两手捣着自个儿的头，一边哭一边喊着："老婆，俺没本事，让你和娃跟着俺受罪了。"

哭喊了一气，他觉着身子软塌塌的，心下有些害怕。他还得抬埋她们娘俩，儿子一个人在口外，他还得去口外管顾儿子。他要是瘫下了，谁来抬埋老婆和闺女，谁又去管顾口外孤孤单单的儿子。

想到这里，他抹一把眼泪，把心肠硬了硬。他想着，她们娘俩虽是死了，可他还有儿子，他还得管顾活着的儿子。

他最后看了一眼老婆和闺女，叹了一口气，下地寻了一根烂草绳放到脚边。

他用炕上的这一张烂席子把老婆和闺女卷起来，再用烂草绳把席子捆起来。

他抱起裹着烂席子的娘俩到了院里，把卷在席子筒里的娘俩放到手推车上。

他抬起手推车的辕干，默默地对老婆说："你为这个家操了一辈子的心、受了一辈子的苦，没吃过一顿饱饭，没穿过一件新衣，你死了这罪也就受完了。"

# 第二十七章　墓坑

王满粮推着手推车，慢慢地出了院门。出了院门他才想起来，抬埋老婆和闺女，咋也得有把铁锹。

他想起留在口外的铁锹，一时不知如何是好。

打了个定醒[1]，他向隔壁的人家走去。隔壁住着双粮父子俩，双粮的大和妈都有病，双粮妈早几年死了，留下父子俩。

自从双粮妈死后，双粮大的病就更重了，走路时总是一边捂着胸口，一边勾着头喘气。

双粮三十大几，也像他大一样，干干瘦瘦的，没一点儿年轻人的精神头。

他走进院子时，院子里哑鸣静悄的，没一点儿声息。

在东面的墙旮旯里，他寻到一把生锈的铁锹。

他抬头看了看土坯房黑瞎吧洞的窗户，没看到一个人影。

他想进屋看看，抬起脚却又向着院外走去。

---

[1]定醒：方言，思考、考虑。

他叹了一口气，想着双粮父子俩或许跑了口外，或许……

他不敢再想，也不愿再想了。

他拿着铁锹出了院门，把铁锹放到手推车上，推起手推车向着村外走去。

街巷里还是哑呜静悄的，没一点儿声息，沓沓的脚步声伴着手推车的嘎吱声，回响在空空的街巷里，震得他耳朵嗡嗡响。

去年，村子里刚饿死人时，饿疯的大狗聚集在野滩上。

不能入老坟的娃儿丢在野滩里，大狗一看有死人，轰地扑过去乱撕乱咬。

装裹老婆和闺女时，他尽管知道闺女小不能入老坟，可他还是把老婆和闺女装裹到了一起。

他已下了决心，不管是甚规矩，他也不能把闺女一个人丢在野滩上，任由野狗乱撕乱咬。

埋着父亲的老坟旁边栽着一棵树，树虽是长高了些，可树枝上没挂一点儿绿色。

他停下手推车，把铁锹从手推车上拿下来。

立在父亲的坟堆前，想着手推车上的老婆和闺女，想着丢在口外的儿子，他的心里一酸。

他想丢掉铁锹，趴在父亲的坟头上，好好地哭一场，把心里的苦水倒一倒，可想着还要留下力气抬埋老婆和闺女，就叹了一口气，把心里的苦和痛都忍了下去。

他在父亲坟堆旁边画了一条线，把锹插在线上，抬起脚用力一蹬。

铁锹的锹头慢慢地铲到他脚下的土地里，他弯下腰两手一用劲儿，铁锹铲起一锹干干硬硬的黄土来。

停下锹，看着干干硬硬的黄土，他有些发愁。

他把铁锹靠在自个儿身上，摊开两只手，往手心里唾了一口唾沫，两手使劲儿搓了搓。

他想着，抬埋父亲时，赶上年景好些，有乡里乡亲过来帮忙，几把铁锹一起使劲儿，墓坑挖得还算齐整，棺材放进去也不磕不碰。

这会儿，他挖了半天，脚下还是只有一个狗刨似的小土坑。

他跳进坑里，拼着力把坑又往深往齐挖了挖。

挖了一气，他直起身子，看见脚下的坑深了些、大了些，也稍齐整了些。

他再想往深挖一挖，可待又攥紧锹把时，两条胳膊颤抖着，两条腿也晃来晃去。

他歇喘了一气，用尽全力把坑里的土铲了丢在坑外，身子便瘫软下来。

他用锹把撑着，慢慢地从坑里爬出来，三摇两晃地走到手推车旁边，把锹丢在地上，两手扶着手推车，低下头又歇喘了一气。

他伏身抱起裹着烂席子的老婆和闺女，慢慢地往坑边走去。

老婆和闺女饿得瘦成了一把骨头，可他抱着她们娘俩还是不由得腿颤手抖。

他一步一步地往前走着、挪着，终于走到墓坑旁边。

他把她们娘俩放到地上，慢慢地立起身子，一边歇喘着，一边望着地上的席子卷和席子卷前面的墓坑。

望着不太深的墓坑，他有些犯愁，他不知咋样把包裹着老婆和闺女的席子卷放到墓坑里。

他记着，往墓坑里放父亲的棺材时，他们几个男人拽着绑在棺材上的绳子，一齐喊着一二三，一齐将棺材慢慢地抬起来，再一齐喊一二三，一齐慢慢地挪到墓坑旁边。

几个男人歇喘了一气，一齐喊着一二三，一齐将棺材抬起来，再一齐喊一二三，一齐小心翼翼地将棺材放到墓坑里。

这会儿，就他一个人，没有棺材也没有绳子，他不知道咋样将裹着席子的娘俩放进墓坑。

# 第二十八章　手推车

蹲在地上，望着眼前的席子卷和墓坑，踌躇了半天，王满粮还是想不出个万无一失的法子。

他伏身将席子卷抱起来，他想抱着席子卷跳进墓坑，墓坑虽不是很深，可跳下去的话，没准会跌断腿或是崴了脚。

他要是有个三长两短，那她们娘俩就得曝尸荒野。

他只能把她们娘俩抛进墓坑里，再把她们埋起来，可他咋忍心就这么把她们娘俩丢下去哩。

他把席子卷放到地上，四下里望了望。四下里空空荡荡的没一个人，别说是人了，连一条狗、一只猫，一个喘气的活物也没有。

他又把席子卷抱起来，望着面前的墓坑，想着不得已只能把娘俩抛进墓坑，不由得眼眶又湿了。

他赶紧仰了仰头，把眼泪逼回眼眶里。他不能把眼泪掉到她们娘俩身上，让她们死了也不得安生。

听老人说，人死后就到了阴间。

他的亲人虽是离开了他，可他们到了阴间也能团圆。

一想到老婆、闺女到了阴间能和他的父亲和母亲团圆，他的心里多少好受了些。

他也想随了老婆和闺女一起去，可儿子还在口外，他的罪还没受完，他还不能死。

他把席子卷举起来，想着：罢、罢、罢，人总有一死，与其受罪，还不如早早地去哩。

他一狠心、一闭眼，手一撒，把席子卷丢进了墓坑里。

他想着的是送老婆和闺女去阴间享福，可临撒手时，他的心还是疼着，手还是抖着。

席子卷从他颤抖的手里落下去，他半天不敢睁眼。待睁开眼时，他看到席子卷已经散开了，老婆和闺女也落在了席子外面。

看着抖开的席子卷，看着落在席子外面的老婆和闺女，他一下子瘫坐在地上。

他坐在地上，呆呆地望着墓坑里的老婆和闺女，呵呵冷笑了两声，喊了两声“好、好”，就站起身来。

他操起铁锹铲起一锹土，狠狠地丢进墓坑里，接着又是一锹、两锹，他像疯了一样挥舞着铁锹。

填平墓坑后，他把铁锹丢在手推车上，推着手推车，头也不回地向着家的方向走去。

推着手推车进了院门，他把手推车丢在当院。望着自家熟悉的院子，他的脑子里满是一家人在一起说说笑笑的情景。

他想起，闺女刚落地时，日子尽管难过，可一家人在一起也和和美美的。

闺女两岁时，学会了说话，整天奶声奶气地叫着“大”，叫得他心里热乎乎、软乎乎的。

他叹了一口气，想着以后再也听不到闺女叫自个儿大了，他的眼泪不由得流了下来。

他回了屋里，看见炕上空空的。昨天炕上还铺着席子，席子上还有死去的老婆和闺女，现在却是甚也没有了。

在空空的屋里待了一会儿，他就觉着胸口憋得难受。老婆和闺女不在了，他还有甚留恋的。

他四下里看了看，屋里除了一铺能睡觉的土炕，就只有做饭的锅头。

老婆和闺女不在了，留着这铁锅也没甚用了，他从锅头上把铁锅搬起来。

他到院子里寻了老婆挖菜用的口袋，把铁锅、锅盖和两个豁口的瓷碗装进口袋里，用绳子绑在身上。

他走到院子里，四下里又看了看：院子里空空的。最后，他把立在墙角的铁锹拿起来。

他抬眼望了望、听了听，隔壁还是没有一个人影，也没有一点儿声音。

他想着这铁锹还回去大概也没甚用处，就扛着铁锹出了院门。

他这次回来，除了接老婆和闺女到口外，就是想着弄点儿种子，好到口外开荒种地。

老婆和闺女没了，村子空了，让他到哪儿去接老婆和闺女，上哪儿去弄种地的种子。

回来时一心想着接老婆和闺女，虽也乏累，可他的一颗心热乎乎的，脚步也是轻快的。

没接着老婆和闺女，他的心沉沉的，腿脚也软软的，只管疲疲沓沓、少气没力地往前走着。

倒衩子里虽还装着红果子，可他却忘记了一样，走了许久，也没掏出来吃一颗。

手里虽拿着铁锹，可要是一匹饿狼来吃他，他也不会动一下、不会跑一步，任由饿狼把他吃掉。

可他还记着路，因为路的那头还有他的儿子。

想到儿子，他的心又疼了一下。他答应儿子把他妈和妹妹接到大水湾子，他一个人回去，该咋向儿子交代。

“儿子，你大没用，没能接着你妈和妹妹。”

# 第二十九章　炒面

王满粮一边在心里苦苦地想着，一边摇摇晃晃地往前走着。

走到半路，他碰到一个男人推着手推车，手推车上放着些不知是啥的东西。

手推车的前面拴着一根绳子，绳子背在一个男娃的肩上。

手推车的旁边跟着一个女人，女人的手搭在手推车上。

男人的手推车超过了他，侧脸向着他问：“老哥，你是不是也去口外，咱这路走对了哇？”

他对赶上来的一家人不理不睬。男人的问话，他也像没听到一样。

他的头没歪一下、眼没眨一下，还是疲疲沓沓地往前走着。

男人看他不搭话就大声喊叫着：“老哥，这是不是去口外的路？”

扶着手推车上的女人和前面拉车的男娃，听到男人的叫喊声，都扭过头看着他。

看他不搭腔，一家人还是不紧不慢地往前走着，走得肚子饿了，男人停下来，拿出干粮，一家三口坐下来吃着干粮。

一家人一边吃着干粮，一边好奇地看着他，走到前面的他忽地一个跟头栽倒在地。

男人叫了一声，放下干粮从地上站起来，跑到他的跟前。

男人把他扶起来，男娃也跑过来。

男人对男娃说："快，把水拿过来。"

男娃跑到女人跟前，女人已倒好了半碗水，递到男娃手里。

男娃端着碗，小心翼翼地跑回来。

接过水碗，男人扶着他的头，慢慢地把水喂到他的嘴里。

他觉着嘴边一凉，待他轻轻地张开嘴，一股凉凉的水便进了他的嗓子眼里。

凉凉的水顺着嗓子眼进到他空空的肚子里，他的肚子里被滋润得舒服了些。

他慢慢地睁开眼，便看到了男人的一张黑脸。

男娃用黑黑的眼睛望着他时，他想起了自个儿的儿子。

男娃站起身跑到手推车旁，等男娃从手推车旁跑回来时，手里拿着一个炒面团子。

男人接过男娃手里的炒面团子，看了他一眼，然后把炒面团子送到他的嘴边。

他记不清自个儿多长时间没吃过东西了，只觉着肚面空空的。

他闻到了炒面团子的香气，可他还是不愿意张嘴。

男人把炒面团子往他嘴边送了送，他张开嘴在炒面团子上咬了一口。

男娃把水碗递过来，他就着水碗喝了一口水，炒面团子和水一起进了他的肚子。

他坐起身来，男人把炒面团子递到他的手里，他手捧着炒面团子，三口两口把炒面团子吃到肚子里。

吃了炒面团子，喝了水，他的身上又长出了力气。

男人看他坐起来，知道他没甚事了，就和男娃回到手推车跟前。

男人推起手推车，男娃拉起绳子，继续往前赶路。

他从地上爬起来，等手推车到了近前。他过去从男娃手里拿过绳子，搭在自个儿肩上。

看男娃愣愣地看着他，就从倒衩子里掏出两颗红果子递到男娃手里。

男娃拿起红果子吃了一口，便蹦跳到男人面前，又蹦跳到女人面前，高兴地喊“大、妈”，男娃一边惊叫着一边把红果子递到男人和女人手里。

男人拿起红果子尝了一口，睁大眼睛呆呆地望着他。

男人说：“这是口外的东西哇，老哥，你走过口外？”

他不作声，只是一股劲儿拉着绳子往前走着。

没接回老婆和闺女，他不知道咋向儿子交代，他也不知道以后的日子该咋个过法。

心里琢磨着死去的老婆和闺女，他不想吃也不想喝，只是一股劲儿地走路。

直走得头昏眼花、心慌腿软，一头栽倒在地，他就再不想爬起来了。

喝了水、吃了炒面团子，他的腿骨有了力气。

一看到那个虎头虎脑的男娃，他又想起了儿子。

他心下想着，要不是碰着跑口外的一家三口，他的这条命就丢在半道上了。

要是他死了，丢在口外的孤苦伶仃的儿子咋活。

# 第三十章　打野滩

男人推着手推车，王满粮在前面拉着绳子，女人和男娃跟在后面。

一路走着，天黑了他们就打个野摊歇下，天亮了爬起来再走。

他们一个推车，另一个拉车，走到高低不平的地方，女人和男娃上来搭手推一把。

走到好走的地方，推的拉的都不费力，他们便有一搭没一搭地唠上几句。

男人叫赵米仓，男娃叫拴牢，他们的老家也是山西保德的一个村子。

他和米仓说起了大水湾子的鱼，说起了山梁上的红果子。

跟在手推车旁的拴牢一听大水湾子有鱼、山梁上有红果子，就高兴地说："大，俺们也去大水湾子哇。"

米仓看着活蹦乱跳的儿子，对他说："不瞒你说，俺是做瓷器活儿的，俺到了口外，还指着手里的手艺吃饭，俺得寻个有矸子泥[1]的地方。”

拴牢一听他大不去大水湾子，眼泪都快下来了，小声地求着父亲说：“大、大，去大水湾子哇，去大水湾子哇。”

他问米仓：“甚是矸子泥？”

米仓说，矸子泥就是做瓷器的泥土，这土黏性好。

他说：“俺垒窑洞的窗台时也和过泥，那泥黏性也好，不知道是不是你说的矸子泥。”

“大水湾子地方大，俺和你寻寻，看有没有矸子泥。”

米仓停下车子打了个定醒说：“俺反正也没个准地方，不行先到大水湾子看看。要是有矸子泥最好，没有的话，俺再拿别的调。”

拴牢听父亲愿意去大水湾子，高兴地蹦跳到他妈身边说：“妈，咱去大水湾子呀。”

拴牢妈是一个随和的女人，走了几天，虽样貌有些邋遢，可做事说话还是精精干干的。

听米仓一家人要去大水湾子，想着儿子和拴牢一起戏耍的情景，他的脸上露出笑来。

他想着，要是老婆和闺女活着的话，他把老婆和闺女接到窑洞里，他们也是欢欢乐乐的一家人。

一想起死去的老婆和闺女，他的心又不由得一疼一疼的。

好在他碰着了米仓一家人，他把米仓一家人接过去，儿子也就不孤单了。

当看到大水湾子旁边的圪梁时，他长长地呼出一口气。

---

[1]矸子泥：烧瓷用的高岭土。

一想起就要见到儿子，他的心便怦怦地跳个不停，他高兴地想着，没准儿儿子这会儿正趴在窑洞前，透过树枝的缝隙望着自个儿哩。

他忽地又想起那个怕人的黑夜：外面的饿狼使劲儿撞着树枝捆子，他在窑洞里使劲儿顶着树枝捆子。

他不知道，自个儿离开后，饿狼下没下山，去没去窑洞。要是饿狼去了窑洞，儿子咋是饿狼的对手？这样想时，他不由得出了一身冷汗。

他想起临走时，儿子站在圪梁上远远地望着他的情景。

他真的看见一个小人儿在圪梁上站着，他揉了一下眼睛，确认自个儿是不是在做梦。

他向那个小人儿招手时，那个小人儿也在向他招手。

他丢下背上的绳子，向那个小人儿跑过去，他看到那小人儿也向着他跑过来。

等跑近了时，他便看清了，那当真是他的儿子长命。

儿子扑到他的身上，他俯下身子。儿子热乎乎的脸贴在他的胸口上，一遍遍地喊着“大、大”。

# 第三十一章　伙伴

王满粮知道，他不是在做梦，他真的是见着儿子了。

他高兴起想着，他的儿子还好好地活着，只要儿子好好地活着，他就甚也不怕了。

儿子抬起头笑盈盈地望着他，他看到儿子头发抡里抡挛的，脸又脏又黑，身子也瘦了许多，个子却长高了些。

儿子看向他身后，他知道儿子在寻他接回来的妈和妹妹。

他顺着儿子的眼睛望向后边，看到米仓推着手推车、拴牢拉着手推车、拴牢妈扶着手推车，正急急地往前走着。

他拉着儿子的手跑下圪梁，指着米仓一家三口说："看，谁来了。"

说话间，他看到拴牢丢开绳子跑了起来，一气跑到他们面前。

他在路上给拴牢讲了儿子长命到河里扎鱼、到山上摘果的事儿。拴牢高兴地说："咱多会儿到大水湾子？俺要和长命哥一起去河里扎鱼，到山上摘红果子。”

拴牢每天早上从地上爬起来就问：“多会儿到大水湾子？大水湾子快到了哇？”

长命一个人孤孤单单地待在大水湾子，这会儿看见来了一个和自个儿年岁相当的伙伴，也是特别高兴。

他拉着拴牢上了圪梁，站在圪梁上。拴牢惊呼了一声：“这么多的水！”

拴牢回过头大声地喊着：“大、妈，快来呀，这里有水，有大水。”

米仓听到儿子叫唤有水，喉结动了一下。

走了这些天的路，吃食吃完了，水也喝尽了，只盼着早点儿寻个落脚的地方，把一家人安顿下来，听到儿子叫唤着水，他的一颗心落到了肚子里。

放下手推车，米仓和拴牢妈一前一后爬上了圪梁。

站在圪梁上，看着那一道海海漫漫的大水，他们都瞪大了眼、张大了嘴。

拴牢由长命领着下到大水湾子旁边，捧着水喝了一气，又洗了一气脸，看着父亲和母亲上了圪梁，就大声叫着：“大、妈，快下来喝水。”

满粮招着手说：“从这儿下，这儿好走。”

正像他们父子俩第一次见着大水湾子一样，米仓和拴牢妈见着这望不到头、望不到尾的一道大水，也被惊得说不出话来。

他们下到大水湾子旁边，捧着水喝了一气，又洗了一气脸。

米仓和拴牢妈正洗着脸时，忽地听拴牢惊叫起来：“看，鱼，水里有鱼。”

他们抬眼望去，只见一条尺把长的鱼在水里飘飘忽忽地游动着。

拴牢挓挲着两手，在河边喊叫着。满粮赶紧喊道：“长命，看拴牢掉进水里。”

长命听父亲喊他，就赶紧把拴牢拉住，让拴牢蹲在大水湾子旁边的圪梁上。

拴牢求着长命说：“长命哥，教俺扎鱼哇，俺学会了给咱扎鱼吃。”

长命看着这个比自个儿小不了多少的男娃叫自个儿哥，挺了挺胸脯说：“行，明儿个就教。”

米仓和拴牢妈喝好了水、洗好了脸，一起爬上了圪梁。

上圪梁时，拴牢妈脚下一滑，米仓赶紧拉住老婆，拴牢妈瞅着男人不好意思地笑了。

看着米仓一家子和和美美的样子，他不由得又想起了老婆和闺女。

他心里想着，要是老婆和闺女看到大水湾子，那该多高兴呀。

米仓和拴牢妈爬上圪梁，站在圪梁上四下里望着。

看着两人笑盈盈的脸，他想起自个儿第一次站在圪梁上，望到不远处绿油油的树、近处清冽冽的水，心里欢欢喜喜的情景。

他感念老天爷，让他遇着这么个有山有水的好地方，让他保住了王家的一棵根苗。

后来，儿子逮着小兔子时，他逼着儿子把小兔子送到山上。他还告诉儿子，不要扎小鱼、逮小雀。他要让这个地方越来越好，他要接了老婆和闺女过来，在这个越来越好的地方过光景。

可是老婆和闺女再也看不到这个好地方了，他叹了一口气。

他看到，儿子和拴牢还蹲在大水湾子边，拴牢歪着头对着长命问这问那，儿子绷着脸不说话，时不时地回头瞅着他。他知道，儿子是想问他妈和妹妹为甚没来。

他不知道咋向儿子交代，要是儿子知道他妈和妹妹死了、以后再也见不到他妈和妹妹了，咋能受得了。

# 第三十二章　矸子泥

满粮领着米仓一家人回了窑洞，拴牢跟着长命到河里扎鱼。

长命和拴牢扎回鱼后，又忙着烤鱼。米仓要出去帮忙，他拦住说：“随他们去哇，娃儿比咱弄得好哩。”

拴牢妈看他们住的窑洞要热炕没热炕，要锅台没锅台，不由得叹了一口气。

米仓愁的不是没有热炕，也不是没有锅台，他愁的是这个地方有没有矸子泥、能不能烧出瓷器。在他看来，只要有矸子泥，能烧出瓷器，就没个愁的。

看长命托着烤熟的鱼走进窑洞，满粮赶紧从包袱里拿出两个豁口的烂瓷碗。

米仓站起身说：“等等。”不大一会儿，米仓从外面进来，将一个蓝边的大瓷盘放到地上。

长命稀罕地看着蓝边瓷盘，小心地把烤鱼放到瓷盘里。

满粮招呼拴牢妈坐到近前来，说：“咱这儿没个稀罕吃食，将就着吃哇。”

吃了一口，米仓说等等，然后起身出了窑洞。一会儿，米仓从外面进来，手里拿着一捏子甚东西。

米仓把手里的一捏子粉末撒在鱼身上，说：“吃哇。”

长命吃了一口说：“咋一下子好吃了？”

满粮吃了一口，尝出了咸味，知道米仓往鱼身上撒了咸盐，这鱼才好吃了。

他想着，米仓真是有办法，变戏法似的，一会儿变个这，一会儿变个那，米仓真是来对了。

吃过鱼肉，他们就坐着说话唠嗑。

拴牢缠着长命问这问那，长命却是一副心事重重的样子。

长命凑到他身边，小声问：“俺妈和妹妹咋没来？”看着儿子黑黑的小脸、瘦瘦的身子，他实在不忍心说他妈和妹妹死了的话。

他说：“你妈身子有些不爽利，走不了长路，你妹妹留下来照应你妈。”

这是他早已编好的瞎话，儿子疑惑地看着他，突然大声说：“俺不管，俺就是要俺妈和妹妹。你不接俺妈和妹妹来，俺就自个儿去寻俺妈和妹妹。”说着，长命一甩头就跑出了窑洞。

拴牢不知道咋回事，呆呆地看着跑出去的长命。

米仓从地上跳起来，跑出去把长命拉住。

被拉回来的长命梗着脖子，不说话，只低头瞅着满粮。

米仓也看着他，好像在问，这到底是咋回事。他看一眼米仓，又看一眼儿子，叹了一口气。

虽是难过，可人死不能复生，他能有啥法子。

他对米仓说："咱这会儿就出去寻矸子泥哇。"

米仓看了长命一眼，又看了拴牢一眼说："拴牢，叫上你长命哥，咱一起去寻矸子泥。"

拴牢答应一声，过去拉着长命的胳膊说："长命哥，走哇。"

长命一甩胳膊，哼了一声。

拴牢看父亲朝他努了努嘴，就会意地拉住长命的胳膊说："长命哥，走哇，带俺上山梁上看看有没有野兔、野鸡。"

长命被缠得没法，从地上站起来出了窑洞。

长命一股劲儿往前走着，拴牢跟在后面，"长命哥、长命哥"地叫着。

满粮领着米仓绕山梁转着，一会儿指着山梁的这一处问，这里有没有矸子泥，一会儿又指着山梁的另一处问，那里有没有矸子泥。

米仓就停下来走过去看一看，看过之后摇摇头、叹口气。

有时，米仓也会停下来，走到山梁跟前看一看、抠一捏子土，闻一闻尝一尝，又摇摇头、叹口气。

拴牢看着山梁上惊飞起来的野鸡和惊跑出去的野兔，高兴地跑着、追着，一边跑一边喊着闷头走在后面的长命。长命像没听到一样，不抬头不应声。

父亲到口外接他妈和妹妹那天，长命站在大水湾子的圪梁上，望着父亲越走越远，慢慢地变作一个小黑点。

他揉了揉眼窝，打算再看清些，可等再抬起头时，他已看不到父亲的身影了。

父亲走后，他一个人孤孤单单地下了圪梁，孤孤单单地向着窑洞走去。

父亲让他不要到山梁上，他果真没有上山梁。不知为甚，父亲不在，他一下子变得胆小了。

按说，以前他上山梁时，父亲也不跟着他，他也是一个人。可有父亲在，他的心里总是踏实的。

他觉着，父亲一走，这个地方一下子变得空落落的，他的心里也空落落的。

他想着，等父亲把妈和妹妹接来，白天，他领着妹妹去河边扎鱼；黑夜，他们坐在一起说话唠嗑，那该多好哇。

在老家时，妈领着他和妹妹出去挖野菜，总是愁挖不到许多野菜。

等妈和妹妹来了大水湾子，他领着妈和妹妹到山梁上挖野菜，要是妈和妹妹看到山上有这么多的野菜，肯定会乐得合不上嘴。

他扳着指头数着父亲离开的日子，他天天站在大水湾子旁边的圪梁上，向着远方望着。他有时会觉着，自个儿望到了三个小黑点，正慢慢地往前圪挪着。那小黑点越来越大，最后他便看到了父亲、母亲和妹妹。

他用手背揉揉眼睛，想看得再清楚些，可等他再抬起头来，向着远处眺望时，那三个小黑点又消失得无影无踪了。

满粮领着米仓寻矸子泥，可连着寻了几天也没寻到。

黑夜躺在窑洞里，米仓想着，这个地方再好，没有矸子泥，他也待不下去。

长命和拴牢开始跟着大人们一起寻矸子泥，后来，看大人们转山头绕来绕去的没甚意思，就自顾自地耍去了。

长命和拴牢在山梁上随性地走着，长命一边走一边想着心事。父亲对他说，妈病了，妹妹留下来陪着妈，他哪里能相信。

他想起自个儿梦到的那个可怕的梦，禁不住打了个冷战。他不让自个儿瞎想乱猜，他宁愿相信妈病了，妹妹守在妈的身边。

拴牢说："长命哥，咱套兔子哇。"

长命少情没绪的，提不起精神，拴牢和他说话，他也不搭茬儿。

他漫无目的地往前走着，眼前是一道更高的山梁，他忽地想到这高高的山梁上去看看，看能不能看到山西老家。

他伏身向着山梁上爬去，拴牢在后面喊着："长命哥，去哪儿呀？"他不搭理拴牢，只是奋力地向着山顶爬去。

爬上山顶，他辨了下方向，然后向着山西老家的方向眺望。

他望到的只是一片苍苍茫茫的平地和圪梁，哪里能望到山西老家，他的妈和妹妹又在哪里？

拴牢跟着爬上来，气喘吁吁地说："长命哥，这山真高，咱的窑洞在哪儿呢？"

他也四下里望着，拿眼搜寻着自家的窑洞。

拴牢忽地喊起来："那是甚了，是不是咱的窑洞？"

他顺着拴牢的手指方向望去，吓了一跳。

远处圆咕隆咚的，看着像窑洞，可又不像他们住着的窑洞的那是甚了。

他和父亲住了这么长时间，也没遇着一个人影，咋凭空有了窑洞？

他想起去年冬天，那个撞着树枝捆子要闯进他们窑洞的饿狼。

那饿狼虽没能闯进他们窑洞里，却叼走了他们藏在窑洞外的野兔和野鸡。

他想着，那里是不是藏着偷走他们吃食的饿狼。

长命和拴牢回了窑洞，拴牢一进窑洞就咋咋呼呼地说："俺看着窑洞了，又大又圆的大窑洞。"

满粮和米仓正在屋里商量着再去哪儿寻矸子泥，听拴牢一喊，都吃了一惊。

满粮想着，他和儿子在这山梁待了这么久，都没看着一个人影，哪来的窑洞？

他瞅着儿子长命问："是窑洞吗？"长命嗯了一声，就不吱声了。

他对长命说："跟拴牢去扎条鱼，咱吃了饭，后晌[1]去看看，看是甚窑洞了。"

拴牢一听要去扎鱼，就高兴地说："长命哥，咱扎鱼去哇。"说着拿起木杈向窑洞外跑去。

吃过了鱼，满粮提了铁锹，和米仓、长命、拴牢相跟着出了窑洞。

拴牢妈说："出去拿点儿心，拴牢不要乱跑，和你长命哥好好相跟的。"

"知道，妈。"拴牢说着就出了窑洞。

满粮问拴牢，窑洞在哪儿，拴牢也说不上来。他又问长命，长命说："站到山顶上就能看到了。"没法子，他们就一起往山上爬。

他们四个气喘吁吁地爬上山顶，在山顶上站定后，拴牢四下

---

[1]后晌：方言，下午。

里望了望说：“在那儿呢，看，窑洞在那儿呢。”

顺着拴牢手指的方向，他们果然看到了几个圆咕隆咚的窑洞。

满粮看着那几个圆咕隆咚的窑洞，吓了一大跳，他想着，难不成这里住着人？这荒山野岭的，能住着甚人哩？

不管咋，他先过去看看哇，看一看，心里也有个底。

# 黄河人家

## 下部

# 第三十三章　瓷窑

站在山上，辨了下方向，他们是从南面上的山，那圆圆的窑洞在山的北边。

满粮手里提着锹下了山，下了山后，他们顺着一道山沟向着北边的山梁走去。

此时刚入了春，山上的树挂了叶、草吐了芽，抬眼望去，满山满坡都是绿油油的。

米仓刚从荒旱成灾的山西老家过来，看着这一片绿油油的景象，不由得感叹着，真是个好地方，可又想着，这里虽好，要是没有矸子泥，他们一家还是得离开。

祖祖辈辈的手艺活儿，爷爷传给父亲，父亲传给他，他还要一辈辈地传下去。

眼看着儿子一天天地大了，他得寻个有矸子泥的地方，把瓷窑垒起来，把作坊盖起来，让儿子早早地把手艺活儿练起来。

可满粮和他相跟着出去寻了几天也没寻着矸子泥，他便有些泄气了。他想着，这一两天再寻不着矸子泥，他就得离开这个地方了。

他不能一直在这儿耽误工夫，这个地方寻不着矸子泥，他就再到别处去寻。哪儿有矸子泥，他们一家就在哪儿落脚。

走出一大截子路，他们抬头看时，便看到半山坡上圆咕隆咚的窑洞。

满粮伏下身子，向后面摆了摆手，让几个人不要说话。

米仓、长命、拴牢伏下身子，静静地瞅着那圆咕隆咚的窑洞。

满粮对米仓说："兄弟，你招呼着娃儿们。俺过去看看，要是没甚麻烦，你们再过去。"

瞅着这圆咕隆咚的窑洞，米仓觉着有些眼熟。这圆咕隆咚的窑洞难不成是瓷窑？可他又有些不敢相信，这荒山野岭的咋会有瓷窑。

满粮提着锹，伏着身子慢慢地向着圆咕隆咚的窑洞走去。

米仓回头按了按两个娃儿的头，小声说："都悄悄的。"

两个娃儿也被吓住了，伏在地上大气不敢出。

长命本来和父亲怄着气，可这会儿看着父亲孤身一人向着窑洞走去，不免有些担心。

他想起，他和父亲在窑洞里睡着时，那个要闯到窑洞里的饿狼。

饿狼在窑洞外面使劲儿撞着挡在窑洞口的树枝捆子，父亲在窑洞里，拿锹把拼命抵挡。

他不知道，面前的窑洞里是不是藏着饿狼，要是藏着怕人的饿狼，父亲一个人咋能对付得了。

他想着爬起来，跑到父亲身边，又怕跑动起来，惊到藏在窑洞里的饿狼。

他看到，父亲小小翼翼地伏身往前走着，眼看着离窑洞越来越近，他的心里一急，急出一头的汗来。

他好像看到有个黑东西从那个圆咕隆咚的窑洞里冲出来，他吓得闭上眼睛，等他睁开眼看时，已看不到父亲了，他差点儿喊出来。

他站起来，准备冲到窑洞里，米仓吓得赶紧叫他趴下。

正在这时，他看到父亲从另一个窑洞里走出来，站在窑洞前向他们招着手。

他一看父亲的脸上笑盈盈的，就欢欢地跑到了窑洞前面。

米仓到窑洞近前看了一番，忽地惊呼起来：“瓷窑，这是瓷窑，咱寻着瓷窑了。”

满粮听米仓喊寻到了瓷窑，不由得吃了一惊。他没有想到，这圆咕隆咚的窑洞竟然是瓷窑。

# 第三十四章　作坊

米仓心里的惆怅一扫而光，他想着，有瓷窑，跟前肯定有矸子泥。

抬眼望去，离这个瓷窑不远，还有好几个圆咕隆咚的瓷窑。

米仓不敢相信地睁大眼睛，一口气跑到那些瓷窑边，挨个儿地摸着那些瓷窑。

抬头望着蓝莹莹的天，米仓念叨着："老天爷有眼，让俺寻着了瓷窑，俺的手艺活儿丢不了了。"

远远望去，一个个圆咕隆咚的瓷窑，像蒸熟的馒头或煮熟的鸡蛋，稳稳地立在半山坡上。

他走近瓷窑，细细地端详着。瓷窑虽是由一层层的石片垒砌而成，可棱角分明的石片硬是被垒砌得光不溜丢，成了没一点儿角、没一点儿棱的鸡蛋样。

他不知这瓷窑垒于哪个年代，但能肯定的是，垒瓷窑的也是像他一样的烧瓷匠人。

待他走近，看见离着瓷窑不远是一排窑洞，又不由得惊呼起来，原来这窑洞是打磨泥坯的作坊。

作坊地上有一个方方正正的池子，那是沉淀泥土的池子。再抬眼看去，作坊里还残留着制作瓷器的模具。

作坊旁边是住人的窑洞。经过许多年的风吹日晒，窑洞的门窗已糟朽了，木格窗扇七零八落地掉在地上。

窑洞里有一盘土炕，土炕的旁边是土坯垒就的锅台，土坑坍了半边，敞着口的灶坑里留着烧尽的黑灰。

他从锅台上拿起一个东西，那是一个残破的瓷片。摸着粗粗拉拉的瓷片，他认出这是瓷碗上的瓷片。

他不知道，这瓷碗是谁烧制而成的，是怎样的一双手捧着它吃饭喝水，又是怎样的一双手不小心将它打碎在地上。

满粮知道米仓寻着了瓷窑，高兴地想着，米仓寻着瓷窑就不走了，米仓和拴牢不走，他和儿子长命也就不孤单了。

看着欢蹦乱跳的拴牢，看着高高兴兴的米仓，他又不由得想起死在山西老家的老婆和闺女。他心里念叨着："老天爷，你为甚不让她们娘俩活着？要是她们娘俩活着，那该多好呀。"

自从他从山西老家回来，长命就一直耷拉着脑袋，对谁也爱搭不理的。他知道，长命十有八九猜着他妈和妹妹出了事。

他想着，纸包不住火，瞒一时不能瞒一世，可他咋忍心和娃儿说，他妈和妹妹死了。

寻着了瓷窑，他们高高兴兴地回了窑洞。长命不用他吩咐，就拿着鱼杈和拴牢扎鱼去了。

米仓和拴牢妈说："咱寻着瓷窑了，咱不走了。"

拴牢妈笑着说："好哩，不走好，拴牢和长命都有了伴。"

满粮一直盼着米仓能留下来，这会儿米仓真的要留下来了，他又添了新愁。

他想起，去年他们赶在冬天之前扎了鱼、套了兔，可眼看着冬天快过去了，藏在树枝下面的吃食却被饿狼叼走了。

吃食被饿狼叼走后，他和长命每天靠吃红果子挨着日月，好容易才挨到了春天。

他们父子俩还好说，要是米仓一家三口留下来，到了冬天，这日子咋个熬法。

他不知道，米仓早就想到了这一层。

来大水湾子后，米仓看满粮父子俩每天烤鱼吃，心里琢磨着，长年累月地光吃鱼咋行哩。

他的手推车上除了吃饭的家伙、做瓷器的工具，还有种地的种子。

没有遭灾时，瓷器卖得好，他总觉着存钱不如存粮，就把卖瓷器的钱换作了粮食。

荒旱成灾的年月，别人家吃稀粥的时候，他家能吃稠粥；别人家吃野菜的时候，他家还能吃到稀粥，他还用存下来的粮接济了左邻右舍。

年景不好，瓷器也没人买了。他想着，自个儿有烧瓷手艺，到口外寻个有矸子泥的地方，再把这瓷窑开起来，做出来的瓷器不愁换不回粮食，不然照这个吃法，迟早要坐吃山空。

# 第三十五章　谷米

米仓在跑口外的路上瞎跌乱撞时，碰着了回山西接老婆闺女返回来的满粮。

他问了半天，满粮不回一言、不搭一语，只顾着迈腿走路。

待看到满粮一头栽倒在地，他赶紧赶了过去。

满粮喝了点儿水、吃了点儿炒面，慢慢地歇缓过来。

待他推着手推车上路时，满粮不言不语地拿起绳子搭在背上，还把身上带的红果子给了拴牢。

歇下时，满粮说出了自个儿的名字，也说出了他扎占的大水湾子。

开始，他不想跟着满粮走，可看满粮身上除了几颗红果子没带甚干粮，他怕自个儿走后，满粮又一头栽倒在地。再者儿子拴牢想去，他想着，自个儿这会儿没个准地方，先去看看再说。

等到了大水湾子，满粮领着他转来转去也没寻着矸子泥，他就想着离开。

大水湾子再好，可没矸子泥，他就没法在这个地方待下去了。

他想着临走时，给满粮父子留下些种子，让他们在山上种些地，到冬天扎不到鱼，父子俩也能喝一碗稀粥。

老天爷有眼，让他寻着了瓷窑，他就再不用到别处去了。

拴牢和长命烤熟鱼后，长命把鱼扎回窑洞，待拴牢妈把瓷盘拿过来，长命又把鱼放到瓷盘里。

几个人围在一起，你一口他一口地吃着，等每个人肚子里稍微有了点儿东西，一条鱼就吃完了。

满粮看着吃剩的鱼骨头，叹了口气。

米仓看了满粮一眼，起身出了窑洞，走到手推车跟前，从手推车上拿下一个袋子。

米仓把袋子拿进窑洞，见满粮看着他，就从袋子里掏出一把谷米，递到满粮面前说：“哥，咱种地哇。”

瞅着米仓手里黄灿灿的谷米，满粮鼻子一酸，眼泪便涌出了眼眶。

自从来了大水湾子，他白天黑夜都想着种地，这会儿看着黄灿灿的种子，他像做梦一样。

米仓兄弟救了他的命不说，这会儿又拿出了种子，他觉着，米仓兄弟是他们父子俩的福星。

他哽着嗓子说：“好兄弟，种地。只要有种子，只要能种地，咱就甚也不怕了。”

满粮想着，刚到这大水湾子，他就想着要种地，可没有种子，这地咋个种法。

他丢下儿子回山西接老婆和闺女，想着顺便拾翻点儿种子，可老婆和闺女死了，种子也没有寻到。

从山西往回走时，一路想着死去的老婆和闺女，他水不想喝一口、东西不想吃一口，一头栽倒在路边时，他就想着，与其活着受罪，还不如死了的好。

米仓救起他后，他看到了虎头虎脑的拴牢，又想起了独自留在大水湾子的儿子长命。

他觉着自个儿对不起儿子，自个儿死了一了百了，可独自留在大水湾子的儿子咋活哩。

他吃了米仓递给他的炒面团子，又喝了米仓递给他的水，身上有了些力气。然后，他拉着米仓的手推车上的绳子，把米仓一家拉到了大水湾子。

手里抓着金黄的谷米，他心里感叹着："粮食，粮食，要是有一口粮食，他的老婆和闺女还能饿死嘛。"

这会儿有了种子，他觉着再没个愁的事了。

有了种子，他的腰一下子直了好多，笑容也一下子多了起来。

有了种子，他就想着赶紧把地种上。人误地一时，地误人一年。这地要是种迟了，到了收庄稼时就亏下了。

他和米仓商量，让米仓一家人先在他家窑洞里住着，等把地种上，他和米仓再一起拾掇后面的窑洞。

米仓说："行哩，哥，照你说的，咱先把地种上。住在这儿，咱一起相跟着出去种地也便宜。"

他领着长命和拴牢上了山梁，从山梁上拾回些干树叶铺在窑洞里。

他把干树叶铺得厚厚的，又在干树叶上铺了些兔皮，这厚厚的干树叶和兔皮就成了米仓一家三口的床铺。

看拴牢妈拾掇着地上的干树叶和兔皮，他的心里不免有些难过。

炕没炕、灶没灶，这窑洞哪像个家的样子？可他也再想不出甚法子了。

他想着，先种地哇，等地里长出粮食就好了。

# 第三十六章　田垄

早上起来，米仓和满粮商量着，先到外头看看，看哪里适合种地。

满粮笑着说："不瞒你说，兄弟，到这儿第一天，俺就想着种地。来了这些日子，俺把这地势都踏遍了，哪能种地俺心里早盘算好了。"

满粮和米仓提着锹在前面走着，拴牢妈和长命跟在后面，拴牢一会儿跑到前面一会儿跑到后面。

拴牢妈对拴牢说："拴牢，你学学你长命哥，干甚都稳当些，不要总是瞎跑乱逛的。"拴牢笑着做个鬼脸，就又跑到了前面。

满粮领着大伙上了山梁，米仓望着平平展展的土地说："这么大的一片地，能种不少庄稼哩。"

米仓挖起一锹土，看着黑黝黝的土地高兴地说："是好地哩，咱这种子种下去，准能来个大丰收。"

满粮看米仓夸赞是好地，像听到有人夸他儿子长命一样高兴。

他和米仓一锹锹地挖着地，长命和拴牢没事可干，就上树摘果子。

拴牢妈看到地上嫩油油的野菜，一边高兴地说“这么些菜”，一边蹲下身子拔开了野菜。

头天，他们把一大片地开了荒，又平整了一下。第二天天一亮，五个人又早早到了地里。

满粮拿锹在地里铲出一道道田垄，米仓提着谷米袋子，等拴牢妈从谷米袋子里抓一把谷米，均匀地撒在田垄里，他再用脚把铲出的土埋在撒了谷米的田垄里。

满粮返回身，教长命和拴牢用脚把埋到田垄里的土踏平踩实。

长命和拴牢看大人给他们分配营生，也不再瞎跑乱逛，都一板一眼地踩起了田垄。

他们种上一大片田地后，谷米袋子里还有小半袋谷米。

满粮说：“行了，有这一大片地也够了，来年咱再多开些，多种些。”

望着眼前黑黝黝的土地，满粮心里总是不落底。

他想起，在老家水泉村时，他也是这么小心翼翼地把种子种在地里，然后天天等着盼着种子吐芽、长苗、结穗，可这种子像化在土里了一样，不露一点儿声息。待刨开地里的土再看时，那种子早已干枯死了。

这会儿，这种子虽是种在地里，埋着种子的土地也是黑黝黝的，可他已被吓怕了，他不知道，这种子会不会也在地里干枯死。

冬天的冷和饿把满粮吓怕了，他想着，他们父子俩咋也好说，米仓一家人又是女人又是娃娃，没有粮食咋熬得过又冷又硬的冬天。

有了剩下的谷米，即使秋天打不下粮，米仓的女人娃娃也能熬过怕人的冬天。

唉，一想到种子可能干死在地里，他的心就嗞嗞啦啦地疼着。

他想着，这么好的地咋能不长粮食哩，这么好的大水湾子咋能留不住人哩。

满粮让留下小半袋谷米，米仓虽是有些不情愿，可他也没说甚。

他知道满粮是为他好，怕地里长不出粮食，他们一家人没吃的。

他想着，山后面有窑洞和瓷窑，要是这地势不长粮食，烧瓷的人吃甚哩。

烧瓷干的都是力气活儿，总不能光吃野菜。

人吃不饱饭，哪来的力气？身上没有力气，咋能掏出窑洞、垒起瓷窑、烧出瓷器？

# 第三十七章　模具

庄稼种上就没啥事了，满粮想着给米仓一家拾掇个住的地方。

米仓推着手推车，满粮在前面拉着绳子，他们一起向着瓷窑走去。

顺着山沟的道坑坑洼洼的，可坑坑洼洼的道上好像有车辙碾过的痕迹。

到了瓷窑跟前，他们放下手推车。

米仓想着的是，先把瓷窑拾掇出来。满粮说："你家里女人娃娃的，先把窑洞拾掇出来才是正经，瓷窑早烧一天迟烧一天有个甚了。"

听满粮这么一说，米仓看着老婆和娃娃，不好意思地笑了。

拴牢妈责怪地瞅了米仓一眼，那意思是：你看满粮大哥，人家就知道心疼女人娃娃，谁像你，心里只有你的瓷窑。

拴牢妈哪里知道，也正是老婆和闺女的死，让满粮生出了疼女人娃娃的心。

满粮和米仓进到窑洞里，先把窑洞里的土铲净，又把炕洞子里的灰掏净，再把窗扇子揪扯正了。

看见窑洞的木板门歪在一边，满粮把门扶正，重新固定在门框上。

拴牢妈从手推车里拿出一把扫帚，把土炕、锅台和地细细地扫了一遍。

打扫干净窑洞后，拴牢妈从手推车上取下从家里带来的一张席子铺在土炕上，又把一口铁锅安在灶台上。

经过一番归整、打扫，刚才还是灰溜溜的窑洞，立马有了家的模样。

满粮叹了一口气，想着，要是长命妈来了大水湾子，他的窑洞也能被拾掇得像个家的样子。

拴牢跑进来，爬到席子上高兴地喊着："俺们有新家了，俺们能住新家了。"

长命没有进窑洞，只在窑洞外呆呆地站着。他看着在席子上翻滚的拴牢和收拾着锅灶的拴牢妈，一时又想起了妈和妹妹。

拴牢妈一回身看见了长命，笑着招呼长命："长命，快，快进来。"

长命小声说"不了"，就跑到了旁边的作坊里。

作坊里有沉淀泥土的池子，还有些拉坏的破烂模具。

米仓看着作坊，高兴地对满粮说："哥，俺可来对了，俺要是到了别处，光垒瓷窑、掏窑洞就得脱一层皮。这里啥也全全乎乎的，俺抬手就能烧瓷，这是俺哪辈子修来的福分。"

满粮说："你积德行善，老天爷都看着哩。老天爷不照应着你，天理不容哩。”

满粮和米仓用铁锹把作坊里的土铲出去，又把沉淀泥土的池子清理干净。

拴牢从旁边的窑洞里跑过来，从地上拾起一个模具，走到长命跟前，笑着说：“长命哥，猜猜这个是甚？”

看长命不作声，拴牢就说：“这是俺大做盘子的模子。长命哥，你跟着俺大学烧瓷哇。”

看着拴牢妈收拾窑洞，长命又想起了自个儿的妈和妹妹。

拴牢妈招呼他进去，他一扭身进了作坊。他的眼里含着一泡泪，生怕一个不小心掉下来。

米仓和满粮说：“眼下没人手，咱先拾掇上一个作坊、一个瓷窑就行了。”

满粮说：“地种上了，俺也没甚营生了。多会儿烧瓷，俺和长命搭把手，干点儿粗笨活儿。”

米仓赶紧说：“好哩，哥，说甚帮忙不帮忙的。要不是你带着俺到了这里，俺哪能遇着这瓷窑。以后，这瓷窑就是咱兄弟两个的，烧出的瓷也是咱兄弟两个的。”

满粮打断米仓的话说：“兄弟，说帮忙就是帮忙，俺父子俩也弄不了瓷窑，要不这个忙俺也不能帮。”

米仓赶紧说：“行了，哥，不要生气，你说咋就咋。”

# 第三十八章　稀粥

等把窑洞、作坊收拾出来，阳婆也快落山了。

满粮立起身子，一阵诱人的米香味儿从旁边的窑洞里飘出来，一径飘到作坊里。

他已是好久没闻着米香味儿了，他一动不动地站在那里，任由这米香味儿钻进鼻孔，再由鼻孔钻进五脏六腑。

拴牢妈从旁边的窑洞里过来说：“大哥、长命，快过来吃饭哇。”

拴牢高兴地说：“吃饭喽，吃饭喽。”说着一蹦一跳地跑到窑洞里。

满粮被让到炕上，许久不坐炕，不知咋个坐法，米仓盘腿坐到旁边说：“哥，你想咋坐咋坐。”

满粮抬眼看去，只见锅里呼呼冒着热气，带着米香的热气一直飘着，飘得满屋都是。

满粮吸了几下鼻子，连打了两个喷嚏，笑着说：“好香的米呀。”

拴牢妈从锅里舀了一碗稀粥，米仓从拴牢妈手里接过稀粥碗，放到满粮面前说：“哥，喝碗稀粥哇。”

满粮说：“给拴牢喝哇。”拴牢妈赶紧说：“锅里还有哩，大哥，你赶紧喝哇。”

拴牢妈又给长命舀了一碗，长命端到拴牢面前。

拴牢妈笑着说：“长命长大了，知道疼人哩，你先喝哇，锅里还有哩。”

说着，拴牢妈又舀了一碗放到长命跟前，对拴牢说：“拴牢，以后好好学你长命哥。”

拴牢说：“知道，妈，俺和长命哥学会扎鱼了，俺还要和长命哥学套兔子哩。”

满粮说：“看你教拴牢学的些甚哩。”

米仓说：“学哇，学会甚都有用哩。”

满粮喝了半碗粥，看拴牢妈给自个儿和米仓只舀了半碗稀粥，他有点儿喝不下了。

满粮说：“吃惯了野菜、鱼肉，这肚子一下子还喝不惯稀粥了。”

长命已是许久没喝着稀粥了，猛喝着这么香的稀粥，他都不知道自个儿咋把一碗稀粥喝到肚子里的。

稀粥进了肚子，他的肚子被稀粥滋润得舒舒服服的。

拴牢喝完了稀粥，高兴地说：“真好喝。”

满粮把喝剩的半碗稀粥倒进拴牢的碗里说：“娃儿，好喝就多喝点儿。”

米仓正要拦却是没拦住，就把自个儿的半碗稀粥倒进了长命的碗里。

拴牢妈说："你是出苦的人，一口饭不吃咋行哩。"就把自个儿的半碗稀粥倒进米仓的碗里。

满粮叹了一口气，心里想着，这种下的地说甚也得打下粮食，要不这日子真没法过。

吃过了饭，满粮和儿子长命回了自个儿的窑洞。

父子俩躺下来，翻来掉去睡不着。这两天，有拴牢蹦蹦跳跳地动个不停、叽叽喳喳地说个不停，窑洞里总是热热闹闹的。这会儿窑洞里没了拴牢的声息，一下子安静下来。

满粮想着，要是老婆和闺女活着就好了，有她们娘俩在，自家窑洞里也会热热闹闹的。

他瞅了眼儿子长命，长命躺在干树叶上，闷着头不出声，大概也是想着他妈和妹妹。

第二天天一亮，他本打算还到瓷窑去帮忙，可又有些左右为难。他们父子俩去帮忙，米仓两口子就要留他们吃饭。

他想着回家来吃，可来回跑一趟又要耽误不少营生。

唉，秋天打下粮就好了，这会儿，就那么一点儿粮食，他咋好意思吃哩。

他想着，他和长命早点儿起，到河里先扎上两条鱼，拔上点儿野菜，再去米仓那里。

他和长命一说，长命一口答应着。在拴牢家吃饭，几碗稀粥让来让去，长命也觉着别扭。

# 第三十九章　干亲

早上，满粮把长命喊起来，一起去河边扎鱼。

天虽麻麻亮，可阳婆还没有出来，缩膀缩脖的，还是有些冷。

像春天、夏天、秋天这样的好日子总是过得快，像冬天那样冻得人发抖的日子总是过得慢些。

今年的冬天也会和去年一样的冷，可和去年不一样的是，今年有了米仓一家人，另外就是今年地里撒了种子。

想起山梁上的田地，他就琢磨着，明儿个再到山梁上看看，看地里的种子出了苗没有。

看长命扎着了两条大鱼，他高兴地想着：有了这两条大鱼，管够大家吃一顿的了。

长命扎着鱼在前面走着，他生怕扎在鱼杈上的鱼掉下来，就跟在长命后面走着。

到了瓷窑前，他让长命把鱼交给拴牢妈，就进了旁边的作坊。

拴牢看见了鱼，高兴地说："妈，咱晌午吃鱼哇。"

拴牢妈叹了一口气，从锅里舀了一碗水递给拴牢说："给你满粮大爷送去，让他喝口热水。"

拴牢接过碗，答应一声，端着碗到了作坊。

米仓和起一堆泥，正在修补作坊旁边的一间瓷窑。

满粮喝过水，也拿起锹，和米仓一起忙起来。

瓷窑是由石片垒叠而成的，长短不齐、薄厚不匀、棱角分明的石片，被垒叠得浑浑圆圆的，像刚落窝的鸡蛋一样。

他摸着瓷窑，啧啧称赞着说："这瓷窑是甚人垒的哩？垒得可真够细致的。"

米仓说："是呀，这么好的瓷窑，俺都没见过。看这石片垒着的碴口，年头应该挺长了。"

米仓心里疑惑着，垒砌瓷窑的究竟是哪里的人，他们丢下瓷窑去了哪里？

拴牢妈把鱼肉洗净放到铁锅里，在锅里炖了一会儿，她又把野菜放到锅里和鱼一起炖着。

满粮干着活儿时就闻到了鱼香味儿，以前的烤鱼也能闻着鱼味儿，可和这次闻着的鱼香味儿差远了。

等瓷窑和作坊修补拾掇得差不多了，拴牢妈的饭也做好了。

拴牢妈喊着："拴牢，喊你满粮大爷和你长命哥过来吃饭。"

拴牢妈看长命在铲泥，就喊："长命，长命，快洗洗手，过来吃饭哇。"

米仓招呼满粮洗了手，一前一后进了窑洞。

拴牢叫着“吃鱼喽、吃鱼喽”。

满粮摸着拴牢的头说：“好小子，多吃点儿。”

满粮和米仓坐到炕上，拴牢妈给每人舀了一碗鱼肉和鱼汤，几个人就一齐吃开了。

拴牢吸吸溜溜地喝了一口鱼汤说：“真好喝。”

满粮笑着说：“不要光喝汤，多吃鱼肉才能长个儿。”

吃着饭时，满粮问米仓啥时候开始烧瓷。

米仓顿了一下说：“烧瓷不急，俺和拴牢妈商量了，还是先拾掇你和长命住的窑洞哇。那窑洞要火炕没火炕，要锅台没锅台，天气冷了，人就受下罪了。”

满粮叹了一口气说：“难为你们想得这么周全，俺两个男人咋也好对付，冬天冷了，地上多铺点儿树叶，还有兔皮，也冷不到哪里。”

拴牢妈说：“那咋行哩，长命年纪还小，地上潮气大，万一坐下病可咋好。”

米仓也说：“是哩，咱还是把窑洞弄全乎了再做别的哇。”

满粮叹了一口气说：“那就听你们的，可咱拿甚垒火炕哩？”

米仓说：“这你就别愁了，俺的手推车上有脱土坯的模子。”

满粮顿了顿，哑着嗓子说：“能遇着你们一家人，是长命的福气，索性让长命认个干亲哇，你们看咋样？”

米仓说：“行哩，哥，俺看这么着，让拴牢也认了你干大哇。”

拴牢看看长命，长命看看拴牢，一起趴在炕上磕起了头。长命喊着“干大、干妈”，拴牢也喊着“干大、干大”，三个大人忙不迭地答应着。

满粮想起死去的老婆，鼻头有些酸。他想着，长命没了妈，让长命认下这一门干亲，也有个照应。

拴牢妈看满粮扭过脸，心里也有些难过。她想着：难不成长命妈真的去了？要真这样，长命这娃真是可怜。

米仓说：“从此以后，咱就是一家人了，千万不能再外道了。”

# 第四十章　脱坯

米仓说要脱坯垒炕，满粮就没去米仓那里。

一大早，他从窑洞里爬起来，去山梁上的地里看了看。地里还是黑沉沉的，没露一点儿绿芽。

他有些担心，不知种到地里的种子发没发芽，可担心也没法子，还得等着。

往回走时，看到米仓、拴牢和拴牢妈一家人向着他家的窑洞走来，他心里的惆怅便去了大半。

他迎着米仓走过去，边走边高兴地喊着“拴牢”。

一家人停下步子，都笑盈盈地向他这边望着。拴牢高声叫道：“干大，干甚去了？”

满粮听拴牢叫他干大，高兴得什么似的，笑着说：“好小子，干大去给你看地里长出好吃的没了。”说着，他三步并作两步走到了米仓一家人的跟前。

米仓问：“没出芽了哇？”

他说："没了。"

米仓望了望天说："这天不下一点子雨，种子出芽也难。"

两人都叹了一口气，低头向着窑洞走去。

米仓说的脱坯模子是一个长方形的木头框子，米仓还带来了一个提水的罐子。

窑洞里掏出的土还堆在窑洞外面，米仓把土挖开，挖成一个圆土钵子。

米仓对拴牢说："你和你长命哥提着罐子去打水。"

罐子的两个耳子上拴着麻绳，拴牢拾起罐子这边的麻绳，长命拾起罐子另一边的麻绳。

满粮看着长命和拴牢提着罐子向着大水湾子走去，在后面喊了一嗓子："长命，操心点儿，不要碰坏了罐子。"

长命答应一声"唉"。

满粮想起垒窑洞窗口时，没抬水的家伙，他用褂子兜了水跑来跑去的情景，不由得笑了。

过了一会儿，远远地看到长命和拴牢提着罐子走回来，满粮赶紧迎上去，从拴牢手里接过绳子，和长命提着罐子一起往回走。

拴牢甩着被麻绳勒疼的手，一个劲儿地说："干大，俺能提动。"

满粮笑着说："干大知道你能干。"

满粮和长命把水倒在米仓挖开的土钵子里。满粮看罐子里的水一倒下去就渗到土里，便又提着罐子要去提水。

米仓把锹丢到地上说："长命，来，把绳子给干大。"

长命看了看父亲，把绳子交给了米仓干大。

米仓和满粮两个大人提着水罐，连着跑了几趟，那土钵子便盛满了水。

米仓和满粮站在土钵子前喘了几口气，拿起锹，把土铲到水钵子里，然后一起和开了泥。

用锹搅和了一气，米仓索性脱了鞋，两脚站到泥里噼里啪啦地踩着。

拴牢看到了，也把鞋脱了，两脚站到泥里噼里啪啦地踩着，一边踩一边叫着长命，长命便也脱掉鞋站到泥里踩起来。

米仓笑着说："你们愿意踩就踩哇。"他从泥里拔出脚来，站到地上歇喘着。

歇喘了一气，看泥踩得差不多了，他便从旁边拿过脱坯模子。

米仓把脱坯模子放到地上，用锹铲了一锹泥到模子里，用锹头把模子里的泥铲平压实，把锹丢到一边，两手提起空底的模子，地上就现出了一块齐齐整整的土坯。

满粮说："这东西好使，来，俺给你铲泥，你脱坯就行。"

说着，满粮铲了一锹泥倒在模子里，又用锹头把坯模子里的泥铲平压瓷。

米仓不用起身，直接用两手把模子提起来，地上就现出一块齐齐整整的泥坯了。

他们一个铲泥，另一个脱坯，不大工夫，空地上就有了一大片的泥坯。

身子乏了、肚子也咕咕地叫起来时，鼻子里便闻着一股子好闻的饭菜味儿。

扭头看时，拴牢妈在院子里生起了火，火上架着铁锅，铁锅里正冒着热气。

原来，米仓和满粮忙着时，拴牢妈从一只口袋里拾翻出了锅和碗，又到山梁上拔了野菜，还让长命和拴牢到河边扎回了鱼。

她把鱼和菜洗净，又往锅里添了半锅水，把鱼放到锅里炖着。等鱼快熟时，她再把带来的小米和洗净的野菜下到锅里。鱼和菜熟了后，她在锅里撒了一些咸盐，这样，一锅有滋有味的野菜鱼肉粥就做好了。

米仓、满粮、长命和拴牢在热锅旁边坐下来，拴牢妈把碗拿出来，给每人舀了一碗野菜鱼肉粥递过去，几个人就稀里哗啦地吃开了。

吃着野菜鱼肉粥，望着窑洞前齐齐整整的泥坯，满粮想着，等泥坯干了，把火炕一垒，锅头一砌，到了秋天，收回了粮，他们蹲在窑洞里，熬上一大锅稀粥，父子两个坐到炕上，喝着热热乎乎的稀粥，这光景就过圆乎了。

一想到冬天里热气腾腾的日子，他就想起了老婆和闺女。

他叹了一口气，想着，要是老婆和闺女也能赶上这样的好光景，那该多好呀。

# 第四十一章 白土

泥坯脱得差不多后，米仓就张罗着瓷窑上的事儿了。

满粮和长命虽说不会烧瓷的营生，可往回背矸子泥却是少不了的劳力。

这里虽有矸子泥，可那矸子泥不是一抬眼就能看见、一抬手就能拿到的，还是要费力去寻。

米仓在山梁上爬高上低，这里瞅瞅，那里望望，一会儿抠一捏子土拿在手里看看，再放到嘴里尝尝。

米仓尝一气土，又叹着气摇着头。显然，他还没寻着称心的矸子泥。

满粮想着，这里究竟有没有矸子泥，要是没矸子泥，米仓是不又得离开大水湾子。

一想到米仓一家要离开大水湾子，留下他和长命孤孤单单的两个人，他的心里不免添了些愁绪。

他正低头想着心事，只听米仓喊着："快、快，哥，寻到了。”

听米仓说寻到了，满粮紧走两步赶到米仓跟前。

米仓手里捏着一捏子白土，吧嗒着嘴说：“哥，好矸子泥、好矸子泥哩。”

说着米仓又把手里的一捏子土放到嘴里，眯着眼、吧嗒着嘴，像吃着极好吃的点心。

米仓觉着，嘴里的土黏黏地粘着他的舌头和嘴唇。凭着以往的经验，他认定这是上好的矸子泥。

对于米仓来说，尝着了好矸子泥，比尝着极好的点心还要让他高兴。

他高兴地瞅着满粮说：“哥、哥，你也尝尝，真是好矸子泥。”

说着，他从山上抠下一捏子土递给满粮。满粮把土接过来放到嘴里，仔细地尝着。

满粮虽不是做瓷的行家，可他也能觉察出那土黏黏地粘着他的舌头和嘴唇。

满粮想着，既然米仓兄弟说是好矸子泥，那就真的是好矸子泥了。

抬头望着蓝盈盈的天，他想着，天无绝人之路，多亏老天爷照应，让米仓兄弟寻着了好矸子泥。有了好矸子泥，米仓兄弟就能留下来了。米仓兄弟留下来，拴牢也就能留下来，那长命也就不孤单了。

连着几天寻不着矸子泥，其实米仓都打算带着老婆和儿子去别的地方了。要不是长命和拴牢寻到了瓷窑，他早就起身离开了大水湾子。

米仓想着，这都是天意。老天爷让他跟着满粮哥来到大水湾子，又让他寻着了这么好的瓷窑、这么好的矸子泥。要是他离开了大水湾子，就是寻着了矸子泥，他还得垒瓷窑、挖窑洞。要是离了大水湾子，他去哪儿能寻着这囫囵齐全的地方？

他心里感念着满粮，要不是遇着满粮大哥，他哪能寻着这么好的地方。

米仓站在有着矸子泥的半山腰上，四下里打量着：瓷窑三面环山，山上长着高的树、低的草，树和草都是绿油油的。

南山和北山中间隔着一条山沟，一条清亮的水穿沟而过。

矸子泥虽是寻着了，可往回运矸子泥却是不容易。

回到窑洞里，满仓和米粮商量着，咋样把这矸子泥运到作坊里。

从瓷窑到寻着矸子泥的地方，不是爬坡就是上梁。

满粮说："车是没法过去，只有靠光脊背背了。长命也是半大小子了，也能出半个工，让长命也跟咱一起去背。"

米仓说："让拴牢也一起去哇。"

拴牢妈听到了，就说："俺也去哇。"

米仓说："你那小脚走不了山路，还是在家搭照着，给烧点儿热水、做点儿热饭。"

米仓这么一说，拴牢妈不好意思地低下了头。

米仓从手推车里揪出四只口袋，四个人一人拿了一只口袋。

满粮和米仓一人又扛了一把锹，便向着山上走去。

# 第四十二章　光脊背

山上哪有路啊，可要背矸子泥，没路也得走。

米仓走在前面，两个娃走在中间，满粮走在后面。

往山上走时，都是空身子，虽是不好走，可两个娃还是有说有笑的。

拴牢说：“长命哥，你跟俺大学烧瓷手艺哇。”

长命说：“你学哇，俺还要跟着俺大种地哩。”

拴牢凑到长命跟前，对着长命的耳朵，小声说：“俺不想学烧瓷手艺，俺大非让俺学。”

长命苦笑一下说：“学烧瓷手艺有甚不好的。”

拴牢像大人一样叹口气说：“俺也不知道，俺看俺大拿着一个泥坯，像木头人一样一坐半天，俺就害怕，俺可坐不住，俺坐一会儿就浑身发痒。”

长命看了看拴牢，拴牢以为长命不相信他说的话，提高声儿说：“俺说的是真的。”长命盯着拴牢看了两眼笑了笑，摇了摇头。

拴牢咕囔着："不管你信不信，反正俺说的是实话。"

光顾着说话，拴牢脚下一歪，跌倒在山坡上。跌倒的拴牢顺着山坡上的草往下滑去，长命吓得赶紧弯腰去拉，一下子拉住了拴牢的一只胳膊。走在后面的满粮看到了，也紧走两步扑过来，拉住了拴牢的另一条胳膊。

米仓听到拴牢叫了一声，也赶紧扭过身。等他回过神来，拴牢已被长命和满粮救了起来。

拴牢被救起来后，吓得不轻，站在那儿只管发愣。

米仓也后怕，他骂道："你个生事由子[1]，不好好走路，瞎说甚了？你以为在平地上走路，由你瞎蹦乱跳了。"

拴牢吓得不敢吱一声，任由父亲教训着。

满粮说："俺也是大意了，他们说话，俺也没打掐[2]。"

四个人又相跟着往前走，拴牢也加了小心，再不敢说一句话。

到了有研子泥的半山坡，米仓停下来。

他们寻了个平坦的地方坐下来歇了一会儿，歇好后，米粮和满仓站起来，拿起锹用力往下铲着研子泥。

拴牢经了一吓，蔫头耷脑的，和长命坐在旁边少情没绪地看着。

研子泥在锹头的削砍下，簌簌地落到地上，一会儿就积了一小堆。

满粮和米仓停下锹，抹了一把头上的汗，在手心里唾了一口

---

[1]生事由子：方言，惹事生非。

[2]打掐：方言，管束。

唾沫，又向着山上的矸子泥铲去。

铲了一会儿，米仓停下来，长命走过去说："干大，让俺铲哇。"

米仓说："你替你大一会儿哇。"

长命看了一眼父亲，父亲对他说："让你干大歇会儿哇，俺还行。"

长命从米仓手里拿过铁锹，也学着大人的样，往手心里唾了一口唾沫，就举起锹用力向着山上的矸子泥铲去。

拴牢见长命接替父亲铲矸子泥，也站起来，走到满粮跟前说："干大，让俺铲哇。"

满粮笑笑说："好小子，你干大还有力气，一会儿干不动了再叫你。"

长命铲了几下，米仓就走到长命跟前说："来，让干大铲哇。"说着就不由分说从长命手里把铁锹拿过来。

长命走到父亲跟前说："让俺铲会儿哇。"

满粮停下手把铁锹递给长命，走到拴牢歇着的地方，和拴牢坐在一起。

看长命一锹一锹地铲着矸子泥，拴牢也站起来说："长命哥，让俺铲哇。"

长命说："让俺铲哇，你去替下干大哇，让他歇会儿。"

拴牢站到父亲跟前，却是不敢说话。米仓铲了一会儿才停下手，把锹丢给了儿子。

拴牢接过父亲手里的铁锹，看了一眼父亲，也学着父亲的样，往手心里唾了一口唾沫，举起铁锹向着山上的矸子泥铲去。

满粮和米仓坐在石头上，看着两个娃一锹一锹地铲着矸子泥，脸上露出满意的笑来。

又铲了一会儿，地上的矸子泥越积越多。

米仓说：“行了，咱先把这些背回去，后晌再过来铲哇。”

往回走时，满粮走在前面，两个娃走在中间，米仓走在后面。

身上背着重重的矸子泥，他们攀着石头、揪着树枝，一步步地往前走着。

走在后面的米仓，看着前面的满粮背着一袋子矸子泥、长命背着大半袋矸子泥、拴牢背着小半袋矸子泥，弯腰曲背费力地往前走着的样子，心里想着，要不是遇着满粮哥，这瓷窑开起来也费劲儿。

# 第四十三章　砌锅台

终于回到瓷窑，他们把矸子泥放到作坊里，都累得坐到地上。

拴牢妈将烧好凉晾的白开水舀在碗里送过来，米仓接过水碗递给满粮，满粮端起碗一仰脖喝到嘴里。

拴牢妈再端一碗过来，米仓接过来也一仰脖喝到嘴里。

长命和拴牢不想喝白开水，拿碗从罐子里舀了一碗凉水咕咕咕喝一气。

喝过水，他们便闻着了好闻的饭香，那是拴牢妈做的米菜饭。

拴牢妈先是熬了一大锅稀粥，然后把从山上挖回的野菜洗净、拿切刀剁了剁放到稀粥里。这样的菜拌饭不稠不稀，吃着也舒服，更重要的是能省些粮食。

巧妇难为无米之炊。家里的米颗颗数着吃，拴牢妈为难了半天，又要让受苦人吃饱又不能太费粮食，这饭咋个做法。

满粮看拴牢妈生怕他吃不饱，一个劲儿地往他碗里添饭，他在心里叹了一口气，又想起了种在地里的庄稼。

唉，就指望这一季庄稼了。要是庄稼收成好，打下米颗颗，拴牢妈也不用这么为难了，娃儿们也能敞开肚子吃饭了。

吃过饭，满粮非要在作坊里歇着，米仓没法，便寻了几只口袋铺到地上，和满粮一起在作坊里歇下来。

长命和拴牢虽也累了，却是不愿意歇着。

拴牢从树林里拾回一些树叶，和长命脸对脸坐着拔起了老根儿[1]。

拴牢拿起一片树叶，长命也拿起一片树叶，拴牢把树叶把绕在长命手里的树叶把上，看谁的树叶把先断。

不一会儿，拴牢就仰倒在地上，原来拴牢的树叶把在手里断成了两截。

拴牢看着长命手里的树叶把还好好的，就跺着脚说：“不行，再来。”

长命笑着说：“再来就再来。”

拴牢在树叶堆上挑了半天，挑了一个自认为结实的树叶说“来”，长命从树叶里随便拿了一个说“来”。

两个人的树叶把勾在一起，他们又一齐喊着：“一、二、三。”

这次拴牢的树叶把没断，长命却是夸张地仰倒在地上。

拴牢高兴地说：“你的老根儿断了，你的老根儿断了。”

后晌，他们又背了一趟，阳婆就落山了。

连着背了几天矸子泥，米仓看矸子泥够烧一窑的瓷器就停了

[1]拔老根儿：一种游戏。

手。

米仓说："哥，俺琢磨着窑洞前的泥坯也该干了，咱还是先把火炕垒起来、把锅台砌起来。天气说冷就冷了，人总在地上睡着，落下毛病就麻烦了。"

红红的阳婆连日晒着，窑洞前的泥坯慢慢地泛了白。

早上，满粮还想着去米仓那边，看瓷窑有甚活儿，米仓一家三口却先过来了。

米仓说："咱先把这火炕垒起来、把锅台砌起来。这样，你们好歹有个吃饭睡觉的地方。"

米仓过去搬起一块泥坯看了看说："干了，是干了。"

米仓吩咐拴牢和长命去抬水，他用锹把窑洞前的一堆土摊开，圈出一个土钵子。

等长命和拴牢抬回了水，他提着水罐子把水倒在土钵子里。

满粮从山梁上抱回一捆干树叶撒在泥水里，一锹一锹地搅着、拌着。

搅拌了一气，他索性脱了鞋站到泥里，光脚板踩着和泥，拴牢和长命看到了，也脱了鞋站到泥里踩开了。

满粮从泥里出来，把这踩泥的营生交给了长命和拴牢。

拴牢和长命四只光脚板在泥水里踩来踩去，发出噼噼啪啪的声儿。

火炕由锅台、炕洞和烟囱三部分组成，锅台既能做饭也能烧炕。灶坑里的火烧着后，冒出的烟沿着曲里拐弯的炕洞，一直窜到烟囱里，再从烟囱里冒出去。

炕洞里的热烟顺着炕洞走蹿时，顺便就把炕面温热了。

砌锅台、垒火炕都是手艺活儿，锅台砌不好、火炕垒不好，热烟就不能顺畅地从烟囱里蹿到窑洞外，会返回到灶坑里，从灶坑里再扑回窑洞里，憋一窑洞死烟。

米仓里里外外跑了几趟，掐算好了垒火炕、砌锅台、垒烟囱的位置，就先垒开了火炕。

满粮铲一锹泥，把泥倒在要垒炕洞的位置，米仓再用木板子把泥刮平，将长命搬回的泥坯放到泥上。

米仓蹲下垒一气，站起来瞅端一气，窑洞的地上就显出一个炕洞的形状来。

满粮早就盼着在窑洞里垒一盘火炕、砌一个锅台，也盼着把老婆和闺女接来，一家人热热乎乎地过日子。

尽管老婆和闺女不在了，可他还有儿子。只要儿子在，他就得把火炕盘起来、把锅头砌起来。

他们忙着垒炕洞时，拴牢妈到山梁上挖回了野菜，把来时提来的小半袋米颗颗拿出来。

满仓看拴牢妈提来的米袋子，叹了一口气。

快到晌午时，他吩咐长命和拴牢去河里扎鱼。

长命拿了木杈去扎鱼，满粮和米仓还是不紧不慢地垒着炕洞。长命扎回鱼后，又手脚不拾闲地搬坯。这时，拴牢妈也把鱼拾掇出来煮到锅里。

拴牢妈一边往架在石头上的锅底添着干树枝，一边看着正在搬坯的长命。

她记着，他们来大水湾子的头一天，听到满粮大哥说长命妈病了，来不了口外后，长命梗着脖子说，要自个儿去寻他妈和妹妹，边说边疯了一样跑出窑洞。

当时，她看着长命的疯样，想着，这个娃性子咋这么犟。

后来，看满粮大哥再不提回去接长命妈的事儿，她就想着，长命妈是不是不在了。

长命是个灵醒[1]的孩子，也是个孝顺的孩子，要是没了妈，那真是太可怜了。

长命认了她这个干妈后，她就想着多疼一疼这个没妈的娃儿。

看长命衣裳烂了，她就喊长命过来，让长命脱下衣裳，她给缝一缝，顺便放到水里洗一把。

长命穿上缝好洗净的衣裳，眼里汪着一泡泪，软软地叫一声“干妈”，就跑到远处去了。

长命正是长身体的时候，她把不多的米颗颗分出一些拿过来，好让这没妈的娃补补身子。

眼看着快晌午了，拴牢妈把碗拿出来，喊着拴牢：“拴牢，饭熟了，快叫你干大和你长命哥过来吃饭。”

拴牢答应着，跑到窑洞里，叫着：“干大，饭熟了，快吃饭哇。”

满粮一听到拴牢叽叽喳喳的声儿，他的心里就欢欢喜喜的。

他叹了一口气，想着，要是长命性子软一些，像拴牢一样说说笑笑的，他们父子俩的日子也就不闷得慌了。

吃过饭，满粮和米仓躺在地上歇着，拴牢妈走到拴牢和长命跟前问：“长命，吃饱了吗？”

长命答：“干妈，吃饱了。”

拴牢说：“妈，你偏心，咋就问长命哥吃饱没，不问俺吃饱没？”

拴牢妈拍了一下拴牢的头说：“看你那张大嘴，就记着吃

---

[1]灵醒：方言，聪明。

了，还能把你饿着？”

拴牢咧开嘴，呵呵地笑着说：“以后长命哥吃饱了俺再吃，行了哇。”

长命笑着对拴牢说：“俺不用你让，你要是饿瘦了，没了力气，俺可不领你去扎鱼哩。”

拴牢说：“好哩，俺可不想饿着。俺听说，人饿死了可难看哩。”

长命一下子不笑了，低下头再不说一句话。

拴牢妈说：“拴牢，不要瞎说了，和长命哥歇歇，一会儿还要搬坯哩。”

拴牢妈站起身来，颠着小脚往窑洞里一块块地搬着泥坯。

歇了一会儿，满粮和米仓就起来了。

满粮看拴牢妈在搬坯，就喊长命：“长命，快过来搬坯，哪能让你干妈干这泥水营生。”

长命跑过来说：“干妈，俺搬哇。”

拴牢妈说：“一起搬哇，咱一起搬！快点儿把这火炕垒起来，冬天睡觉就不冷了。”

垒好了炕洞子，米仓便开始砌锅台。

看着锅台垒得差不多了，满粮把铁锅放到垒好的锅台上。

米仓两手抓着放在灶台上的铁锅，使劲儿转了一圈，铁锅把抹在灶坑里的泥抹成一个光滑的圆圈。

有了锅台、火炕，还得有出烟的烟囱。

砌好了锅台，垒好了炕洞子和烟囱，米仓抓一把干树叶在灶坑里点着，只见烧着的干树叶冒出的蓝烟顺着炕洞子一直蹿到烟囱里，米仓高兴地挥着手说，“好了、好了”。

# 第四十四章　绿芽芽

看着垒得齐齐整整的火炕、锅台、烟囱，满粮高兴得不知该说啥。

坐在地上歇喘时，他想着，把米仓拉引过来，他们的光景越来越好了。可一想到地里还没出苗的庄稼，他又不由得犯了愁。

他本想着，种上庄稼，到秋天打了粮，米仓一家也就不愁吃喝了，可这地，唉。

米仓听满粮叹气，也猜到了满粮是愁没出苗的庄稼。

米仓问：“还没出苗子？”

满粮说：“还没哩。”

这几天，长命到米仓的瓷窑帮忙，他就留在家里烧炕。

烧着的干树叶和干树枝在灶坑里噼里啪啦地响着。

他坐在灶前一边往灶坑里揣着干树叶和干树枝，一边想着还没出苗的田地。

他想着，这种子丢到地里，要是不出芽，种子可就白瞎了。

每天早上，一睁开眼睛，他就爬起身出窑洞，向着山梁走去。

等上了山梁，走到种着庄稼的田地，他停下来，瞪眼瞅着面前的田地。

那被铁锹翻过的黑黝黝的田地，经火辣辣的阳婆一晒，慢慢地成了干干硬硬的灰黑色。

他想着，自个儿刚到大水湾子时，看着那一道不知从哪儿流过来、又不知往哪儿流过去的大水，心里一下子安稳下来。

他觉着，自个儿寻着了一个有水的、能活人的好地方。

种子丢在田地里，这些天都长不出庄稼苗子，他有些灰心丧气。

要是这时候能润个沓沓地下一场雨，那地里的种子就有救了。可他哪敢想哩？天上下雨是个什么样子，他也早忘了。

那天，他早起爬出窑洞，爬上山梁，又到了种着庄稼的田地。

站在地头，他不禁吃了一惊，那绿油油的是甚，再端详时，原来黑灰的田地里悄悄地吐出了绿芽芽。

那绿芽芽像娃娃的小手，那小手还卷曲着没有伸展哩。

等儿子长命回来，他就把这个好消息告诉了长命，让长命把这个好消息告诉米仓。

米仓得着种子出苗的好消息后，放下手头的营生就跑来了。

米仓跑到地头，蹲在地上，看着嫩嫩绿绿的庄稼苗子，高兴得将两个巴掌拍在一起，连说了几个好字。

米仓说：“哥，总算出来了。”

满粮也说：“是哩，总算出来了。”

可他们也看出，这庄稼苗子出得稀稀拉拉的。

米仓说：“得让这苗子喝点儿水。”

满粮也想着浇一浇庄稼苗子，要是这苗子旱得闪了芽，那可就白瞎了。可老天爷不下雨，还有甚法子。

第二天天一亮，米仓、拴牢和拴牢妈早早地过来了。

满粮看米仓手里提来一个水罐，就知道，米仓要用水罐抬水浇庄稼苗苗了。

满粮从米仓手里接过水罐，提着水罐到了大水湾子。

他提着水罐的耳子，把水罐沉到河水里，河水咕嘟咕嘟地流到水罐里。

他用两只手把水罐提上来，再提上水罐一边的麻绳，让长命过来提着水罐另一边的麻绳。

他们提着水罐吃力地爬上圪梁，又小心地下到圪梁下，向着山梁走去。

到了山梁下，他们提着水罐小心地爬上山梁，又走了一会儿便走到了种着庄稼的田地。

到了地头，看着田地里干渴的绿苗苗，他的心里一阵难过。

水罐一歪，水罐里的水慢慢地流到了田地里。

干渴已久的田地，刺刺啦啦地吸着从水罐里倒出来的水。

可水还没流到庄稼苗子跟前，那水就已经被吸到干渴的田地里了。

他叹了一口气，提着水罐离开田地，下到山梁下。

米仓从他的手里接过水罐，提着水罐到了大水湾子前。

米仓喊了一声拴牢，拴牢跑过来。

米仓提着水罐一边耳子上拴的麻绳，拴牢提着水罐另一边耳子上拴的麻绳。

拴牢毕竟年纪小，提着水罐一路歇了几歇，才把水罐提上山梁，提到了田地跟前。

水罐一栽歪，水罐里的水倾倒在田地里，可倾倒出来的水，只浸湿了一小片田地。

再提了水过来，他们就直接把水倒在绿苗子的根上，这样就能省些水，也省些力气。

他们来来回回地跑了几趟，累得胳膊腿都没了力气。

拴牢躺在地头，说啥也不起来了。

长命虽也累得头昏脑涨，可还是又跑了两趟，最后也累瘫在地头。

满粮和米仓虽也迈不动步子了，可看着还没有吃到水的绿苗子，他们就又提着水罐到了大水湾子。

又跑了两趟，好歹把绿苗子都浇上了水，他们便躺在地上不起来了。

拴牢妈看着大人娃娃忙着抬水，她帮不上甚忙，就回了窑洞。

她从外面抱回一捆干树枝和干树叶，在灶坑里点着火，把干树枝和干树叶填到灶坑里，慢慢地烧开了炕。

快到晌午时，她上山梁上拔点儿野菜，顺便看看地浇得咋样。

地里的庄稼苗子出得不齐，有的地方绿油油地长着一小片苗子，有的地方还露着黑灰的田地。

绿苗子周围是黑湿的泥土，那是几个人爬坡上梁抬了水浇上的。

晌午还是吃的菜米饭，稀粥里掺了野菜，饭稠了些，可还是野菜多米颗颗少。当时吃得饱饱的，尿上两泡尿肚子就瘪下去了。

吃过饭，他们歇了一会儿，又提着水罐到田地里去浇庄稼苗。

地里的庄稼苗尽管出得稀，可不管咋，满粮的一颗心总算是落下来了。

他知道，这地能长出庄稼，只是水没跟上，这庄稼才没长好。

# 第四十五章　碾槽

地里的庄稼长上来，满粮就没个愁事了。

早上，他早早地把长命喊起来，到大水湾子里扎上一条鱼，就相跟着一起到了瓷窑。

拴牢妈正在院子里摘野菜，看长命父子过来，就站起身招呼着。

长命把鱼递过去，拴牢妈说：“长命早起又扎鱼了？唉，难为娃儿了。”

满粮说：“有甚难为不难为的。”

长命笑着说：“干妈，俺跟干大做营生去了。”说着，他就到了旁边的作坊里。

这几天，米仓一直在作坊里忙着。

拴牢干活儿有一搭没一搭的，米仓气头上骂一顿，也就由着他了。

长命虽说只比拴牢大两岁，干活儿却比拴牢有耐心，差不多能顶大半个劳力了。

他和长命把背回来的矸子泥倒在碾槽里，和长命、拴牢轮流推着碾子来来回回地碾着，直到把矸子泥碾作了泥浆。

他将碾好的泥浆倒进储泥池，让泥浆在储泥池里经过一段时间的沉腐。现在储泥池里存放的就是沉腐好的泥浆。

拴牢看满粮来了，仰着笑脸喊着“干大”。

满粮有些日子没见着拴牢，这会儿看拴牢叫他，就欢欢喜喜地答应着：“唉，是不把干大忘了，咋不去看干大哩？”

拴牢笑着说：“没忘，干大，俺和俺大做营生哩。”

米仓说：“羞死先人了，快别提做营生了。”

拴牢见长命脱了鞋、跳进储泥池里踩泥，也脱了鞋跳进储泥池。

米仓见两个娃都进来踩泥，就从储泥池里出来。

满粮说：“咋的哩？”

米仓说：“快出泥浆了。”

满粮又问：“那多会儿才能出瓷？”

米仓说：“还得些时候。”

出了泥浆，还得拉坯，拉好坯还得上色，上了色挂了釉，才能进瓷窑，在瓷窑还要烧三天三夜。

满粮听米仓说出这一番话，只觉得晕晕乎乎的。他想着，这烧瓷除了背矸子泥，其他都是细乎营生，长命人小心细还能帮着做点儿，他过来只能是越帮越忙。

此后，长命还是每天早上去瓷窑干活，他就留下来照应着庄稼。

长命早上起来到大水湾子里扎上两条鱼，给他大留一条，拿一条去瓷窑，和干大一家人吃。

长命愿意去瓷窑干活儿，也愿意和干大一家人待在一起。

自从父亲没把他妈和妹妹从口里接来，他就和父亲别着一股劲儿。他隐隐觉着，妈和妹妹不在了。

他在山西老家时，也见到过饿死的男人、女人、老人、娃娃，他想着，妈和妹妹是不也饿死了。

他怪父亲没有早点儿去接妈和妹妹，要是父亲早点儿去接妈和妹妹，那妈和妹妹也就不会饿死。

新盘了火炕、砌了锅台的窑洞越来越像他们的山西老家了。

可看着这新盘的火炕和锅台，他就不由得想起妈和妹妹。

他好像看到，妈坐在灶前的木墩上烧着火，妹妹在炕上和他耍着抓大拇哥。

锅里熬着野菜汤，冒出浮泛着绿色的蒸气。

可待他睁大眼睛，看到的只有冷冷的锅台和空空的火炕。

到了干大家，他就躲开了父亲，躲开了他对父亲的恨。

他觉着，自个儿不该恨父亲，可他又管不住自个儿。

他整天对父亲板着脸，父亲和他说话，他只是哼一声或是干脆不作声。听父亲叹一口气，他就在心里冷笑一声，觉着自个儿给妈和妹妹报了仇。

到了干大干妈家，干妈总是笑盈盈地招呼着："长命来了？又到河里扎鱼去了？快到屋里喝口热水。"

他也高高兴兴地对干妈说："干妈，俺不渴，俺过去做营生了。"

到了晌午，他和干大、拴牢坐在炕上。干妈盛了饭递给他，他把饭放到干大跟前。

干大说：“长命娃懂事。拴牢，你多和你长命哥学学。”

拴牢笑一笑，和他做个鬼脸。

干大对拴牢说：“你妈说得对，过几天，咱这营生就多了，你要多上些心。你长命哥还得帮着你干大种地，咋能总在咱这里帮忙哩。”

拴牢说：“让俺长命哥帮你烧瓷，俺帮着干大种地。”

米仓把筷子往炕上一摔说：“反了你了，你想干甚就干甚了？在家好好烧瓷，哪儿也不能去。”

拴牢妈赶紧说：“不好好吃饭，发甚疯了。”

米仓说：“你懂个屁，都是你惯的！不好好学烧瓷，以后吃屎也赶不上个热的。”

# 第四十六章　水罐

长命一大早去了瓷窑，满粮从窑洞里爬起来就去了地里。

地里的庄稼苗子虽长得稀稀疏疏，看着也是绿油油的一片。

米仓给他带来水罐，浇完地后要给他留下，他不让留。他想着的是，米仓做瓷要和泥，没水罐咋成。

他去瓷窑帮忙时，和米仓说：“再烧两个水罐哇。”米仓说：“俺也想着多烧几个水罐哩。”

他盼着米仓赶紧烧出水罐，他好给这庄稼多浇几次水。

看着地里长了些杂草，他就蹲在地里拔起草来。

他想着，有用的庄稼苗子又得浇水，又得上肥；这没用的花花草草，不浇水、不上肥，却是一个劲儿地疯长。

要是庄稼苗子也像这花这草似的，抓着一把土就长，他还用愁没吃的？

他一边拔草一边胡思乱想着，忽地听到一阵踢踢踏踏的脚步声，他以为长命回来了，想着，这个时候长命不在瓷窑帮忙，跑回来干甚。

他正想回头去看，只听见热乎乎的一声叫唤“干大”。

这几天，他一个人待在地里，孤孤单单的，猛听到这一声热乎乎的叫声，他的心里也软乎乎的。

他扭过头去，看到拴牢迈着碎步跑来，一边跑一边“干大、干大”地叫着。

拴牢跑到跟前，看他蹲在地上，就上来搂着他的脖子说：“干大，你做甚哩？”

他从小对长命管得严，长命哪里做得不对了，他不是用巴掌扇，就是用脚踢，可长命是个犟性子，不管他咋打，也不躲不跑。

看儿子梗着脖子，他就更生气，巴掌扇得更重了，脚踢得更狠了。

长命小时候虽怕他，可还是亲他敬他，自从他没把老婆和闺女接来，长命见了他总是一张黑脸。

他一动不动地蹲在那儿，任凭拴牢在他身上挨磨。

拴牢立起身子说：“干大，你是不拔草了？俺和你拔哇。”

他笑着说：“好哩，拔哇。好好看的，可不敢把苗子拔了。”

拴牢说：“知道，干大，俺认得苗子。”

拔了一气草，眼看着阳婆到了当天，他对拴牢说：“咱回去做饭哇，等后晌再来拔哇。”

拴牢说：“行了，干大，咱吃甚呀？”

他说：“有你长命哥扎回来的大鱼，咱拔上点儿菜，炖鱼吃哇。”

他们边往回走边拔了些野菜，就从山梁上下来回了窑洞。

拴牢洗菜，他拾掇鱼。

他把洗好的鱼和菜放到锅里，拴牢用树叶引着火，又在灶里放了些折断的干树枝。

灶里的火噼里啪啦地响着，锅里也慢慢冒出了热气。

饭熟后，他把鱼和菜舀在碗里，放到炕上。

他和拴牢坐到炕上，拴牢把盛着鱼肉和野菜的碗放到他的跟前，又拿了一双筷子递到他的面前说："干大，快吃哇。"

他接住筷子愣了一下，想起了他和长命吃饭时，闷着头，不发一言不搭一语的情景，不由得叹了一口气。

拴牢说："俺也学会扎鱼了，赶明儿俺也去河里扎鱼。"

他说："好哩，你扎了鱼，干大给你做鱼肉饭。"

拴牢顿了顿说："干大，让俺长命哥跟俺大学烧瓷哇，俺想和你种地。"

他抬眼瞅着拴牢问："你大打你了？"

拴牢说："俺不想学烧瓷，俺大打俺骂俺，俺也不想学。"

他开始还真想着留拴牢住几天，听拴牢这么一说，就劝拴牢说："拴牢，你大让你学烧瓷也是为你好。"

看拴牢不作声，他又怕委屈了拴牢，就说："干大和你回去，干大和你大说说，让他不要打骂你，说你以后好好和他学手艺。"

拴牢低下头说："俺不想学手艺。"

听拴牢这样说，他也没了招，要是长命敢这样说，他早就一个巴掌打过去了。

# 第四十七章　烧瓷手艺

后晌，拔了一气草，满粮又劝拴牢："拴牢，你要是实在不想回去，跟干大去趟瓷窑，和你大、你妈打声招呼，就说你在干大这儿，黑夜不回去了。"

拴牢"嗯"了一声，就不作声了。

他在前面走，拴牢在后面跟着。

远远地瞭见了瓷窑，拴牢就不走了。满粮想一个人进去，又怕拴牢跑没影了，就喊长命。

长命出来，一看是父亲来了，就问："大，甚事了？"

他对长命说："跟你干大、干妈说一下，拴牢要在咱那儿住一黑夜，明儿个再回来。你做完营生就在这里陪你干大、干妈哇，黑夜不用回来了。"

长命看拴牢就在不远处站着，就喊"拴牢"，拴牢一听长命喊他就跑开了。

他怕拴牢跑远了，丢下长命便去追拴牢。

他喊着：“拴牢，站住。”

拴牢站在远处等着他，他原来想着拴牢嘻嘻哈哈的，性子比长命绵软，没想到也不是一个省事的。

他追上拴牢说：“咱回哇，俺让你长命哥告诉你大和你妈了。”

拴牢这才高兴地说：“干大，真的？俺不用回去了？”

他故意恼着脸说：“就今儿个一黑夜，明儿个就回去，不要让你大和你妈操心。”

拴牢扭过头可怜巴巴地说：“让俺多住两天哇。”

他的心一软，想答应拴牢，可一想到米仓两口子，就狠下心说：“不行，明儿个咋也得回去。”

他看拴牢低头不作声，就笑着说：“明儿个干大和你回去，看你大还敢打你骂你！他要是敢打你一下骂你一句，俺就饶不了他。”

拴牢被逗笑了，说：“干大，你和俺大谁厉害？”

他笑着说：“你放心，你大再厉害也得听你干大的。”

他本来想留拴牢在家住几天，可一听拴牢是不想学烧瓷才躲到他这里，他就不能留拴牢了。

米仓就一个儿子，他的手艺不传给儿子传给谁，拴牢不学烧瓷手艺咋行。

亲疏有别，长命学烧瓷手艺，他这个当老子的哪能不高兴哩，可哪有把自个儿的亲儿子撇开，把祖传手艺传给干儿子的道理？

他想着把长命叫回来和他种地，让拴牢回去和他大烧瓷。

他和米仓是好兄弟，可别让米仓疑心他让长命去偷学手艺，把拴牢给耽搁了。

早上起来，他笑着对拴牢说："拴牢，你不是说你会扎鱼了嘛，今儿个扎两条鱼让干大看看。"

拴牢说："那有甚难的，咱这会儿就去。"说着嗵地跳下地，拿了扎鱼的木杈就向着大水湾子走去。

拴牢确实学会了扎鱼，也确实扎了两条大鱼。

他高兴起想着，拴牢做事也不是不上心，要是把心用在烧瓷上，也能成一个好烧瓷匠人。

他对拴牢说："好小子，拿上鱼去让你长命哥看看，拴牢娃也能干着哩。"

拴牢不好意思地笑着说："俺哪能和长命哥比哩，他比俺的能耐多哩。"

他们一前一后走在山路上，慢慢地向着瓷窑走去。

到了瓷窑，拴牢把鱼给交给他妈。拴牢妈一看儿子回来了，高兴地说："拴牢，你干大也来了？让你干大不要走，晌午一起吃饭。"

拴牢"嗯"了一声，没有说甚。

满粮走进作坊，看长命和米仓正在作坊里忙着。

米仓手里舞弄着一个泥坯，两手和胳膊上沾满了泥浆。

长命蹲在米仓的旁边，也是一手泥、一身水。

满粮说："这矸子泥咋样，好使吗？"

米仓抬起头，笑着说："好使哩，好使哩，这是上好的矸子泥哩。"

满粮说："那就好，那就好。"

看儿子长命蹲在米仓跟前，盯着米仓手里的泥坯，他想着，将心比心，给了他，他也不会把这祖传的手艺传给外人，还是把长命叫回去种地，把拴牢留下学烧瓷是正理。

往常一起吃饭时，拴牢说个这问个那，逗得满粮直乐。今儿个晌午吃饭时，拴牢趴在炕沿上，闷头吃着饭，不作声，一顿饭吃得闷闷的。

吃过饭，长命和拴牢到院子里耍，他和米仓来到作坊。

满粮对米仓说：“俺想着拿水罐使使，顺便让长命回去和俺浇浇地，拴牢留下来和你烧瓷。拴牢说不学烧瓷也不能由了他，你慢慢地开导他、不要打骂他。”

# 第四十八章 庄稼人

尽管拴牢不想留下，可还是被留下了；尽管长命不想离开，可长命还是离开了。

满粮走时让长命提了水罐，这也是他领走长命的一个借口。

他想着，让长命离开兴许好些。长命爱舞弄那些泥坯，有长命在跟前比着，拴牢又要落埋怨。

长命不小了，也该跟着他学学种地了。烧瓷人的日子虽说比种地人的日子过得滋润，可他总觉着种地比烧瓷踏实、牢靠。

早上，长命提着水罐走在前面，他空手走在后面，两人一前一后向着大水湾子走去。

看长命懒洋洋的、一副少精没神的样子，他也不急不躁。

他想着，长命毕竟是娃娃，还看不出来个出进，还得他好好地开导开导。

翻过圪梁，他们到了大水湾子前。长命把水罐放到地上，他过去提起水罐，把水罐浸到河水里面，河里的水咕嘟咕嘟灌进水罐里。

他提着水罐一个耳子上的麻绳，长命提着水罐另一个耳子上的麻绳，两人用力把水罐提起来，翻过圪梁，爬上山梁，到了田地跟前。

水罐放到地头，他用两手拄着膝头歇喘了一气，扳着水罐，将水罐里的水倒进长着庄稼苗的田地里。

长命板着脸不说话，显然是不情愿做这浇地的营生。

看着长命的样子，他在心里叹了一口气，想着，各人各命，拴牢尽管不愿意烧瓷，可拴牢大是烧瓷的，拴牢就要学着烧瓷。你长命尽管不愿意种地，可你大是种地的，你就得学着种地。

再说，种地有甚不好的，种地吃粮，天经地义，祖祖辈辈不都是这么过来的嘛。

山西老家地板子薄，土地没肥力，天旱不下雨，地里才长不出庄稼。

这里的土肥地好，虽说老天爷不下雨，可还有大水湾子的水能浇上，浇了水的庄稼眼看着越长越高了。

等秋天出了穗打了粮，他们天天睡着热炕、喝着稀粥，还有甚不满意的。这会儿苦虽苦点儿，可没有苦哪有甜。

从大水湾子打了水，他和长命提着水罐往地里走时，长命不发一言不搭一语，只顾低着头走路。

他看出，长命和他干活儿只是应付差事。可他不管这些，只要长命留下来和他干活儿就行。

黑夜，父子俩一回来就躺倒在炕上。一天提着水罐爬坡上梁，来来回回地折腾，躺在炕上，身子像散了架一样。

长命一翻身哎哟了一声。他想着，长命也累得不轻。

他想起那一句俗话："三天学个买卖人，一辈子学不会个庄稼人。"

当个庄稼人不容易，整天土里刨食。遇着风调雨顺，还能有些收成；碰上荒旱成灾的年月，就是有天大的本事，还能把天捅个窟窿？

早上，长命躺在炕上没起来。他站在窑洞前等了半天，听长命翻了个身还是没起来。

他知道，长命还是想着瓷窑，还是不想干这庄稼地里的活儿。

他提着水罐到了大水湾子，正愁一个人如何把这水罐提到地里，便听到身后有人叫他"干大"。

他回头一看，拴牢从圪梁上跑了下来。

他赶紧喊着："慢点儿，慢点儿，看掉进水里。"

拴牢和他提着水罐耳子上的麻绳，他一边往前走着，一边问拴牢："是你大让你来的？"

"没有，是俺偷跑出来的。"

他和拴牢把水抬到窑洞前，这时长命也起来了。

他说："长命，拴牢也过来了，你和拴牢提了水罐浇地去。"

长命虽是不大情愿，可也不敢说个甚，从窑洞里出来，和拴牢提着水罐一步一步地向着山梁走去。

# 第四十九章　拉坯

满粮本来想着，把拴牢送回去，将长命叫回来，各回各家各谋各业，不料这会儿，长命对庄稼地里的活儿不情不愿，拴牢也跑了出来。

看见两个娃从山梁上下来，他走出窑洞说："两人好好地抬水，不要把水罐碰坏了。"

等两个娃走远，他就向着山后的瓷窑走去。

他每次来，米仓都在作坊里忙着，他也就直接进了作坊。

这次来，他也是照旧向作坊走去。

到了作坊门口，作坊里却是哑呜静悄的。

他愣神的工夫，就听拴牢妈喊道："大哥，米仓在窑里哩。"

扭身进了窑里，他看到米仓躺在炕上。看他进来，米仓从炕上坐起来。

他知道，米仓是在生儿子拴牢的气。

拴牢妈不好意思地笑着说："唉，都是拴牢这娃不省心。"

他笑着说："拴牢跑到俺那边去了。俺过来给你们捎个话，免得你们心急。"

原来，拴牢回来后，人虽被米仓摁到作坊，可心却不知道丢在了哪儿。

开始，米仓吩咐拴牢干些边边角角的零碎活儿，拴牢少魂忘事的，总也提不起精神来。

米仓想着，兴许拴牢嫌活儿零碎，要是让他自个儿上手做上一两件瓷器，说不定就能喜欢上这手艺。

拉坯的活儿难些，他让拴牢打磨做好的泥坯，可拴牢照样不上心，一个好端端的泥坯硬是被他磨坏了。

米仓再也忍不住火头子，上去就在拴牢的脖颈上扇了一巴掌。

拴牢挨了一巴掌，不哭不闹，愣了一下神，嗖地跑出作坊，跑下了山。

米仓憋着一口气，干了一会儿，回到窑洞躺下来，再也不愿起来。

他本想着把祖祖辈辈传下来的烧瓷手艺传给儿子，等有了孙子，再传给孙子。

现在，儿子拴牢不学烧瓷手艺，他烧瓷还有甚用？他这瓷烧得再好，这手艺传给谁？

再说，拴牢一走，他没个帮手，这瓷窑营生也没法再干下去了。

听米仓这样一说，满粮一时也没了主意。

拴牢毕竟不是自个儿的亲儿子，他可以打可以骂，可就是打骂，拴牢不回来，他也没辙。

米仓叹口气说：“哥，你那儿不忙的话，让长命过来哇。”

满粮说：“那让长命和拴牢一起回来哇，有个伴，拴牢也能待住了。”

米仓又叹一口气说：“哥，那难为你了。”

满粮说：“难为甚哩，都是自家兄弟。”

他回到窑洞时，没看到长命和拴牢，两个娃还在抬水浇地。

他想着，米仓让长命过去，那就过去哇，把瓷器烧出来是正事，别的也顾不上了。

拴牢年纪小，还不懂事。他不知道，别人想学一门手艺都是千难万难，要拜师傅，要给师傅提茶壶、倒夜壶，没个三年五载，哪能出徒。

这会儿，他大打一下骂一句就跑了出来，要是拜了师傅，能少了打骂？师傅打了骂了也得忍着。

他觉着，拴牢不省心，长命也不是个省事的。

想一想，在山西老家，吃没吃的喝没喝的，为了保住王家的这棵根苗，他领着儿子长命跑到了口外。

跑口外的路上，碰着一棵结着榆钱的榆树，长命高兴地一路小跑到树下。

靠着一树的榆钱，他们走到了口外，走到了大水湾子。

大水湾子能扎着鱼，能逮着野鸡、套着野兔，更让他安心的是，这里的土地能长出庄稼、打出粮食。

种地，苦是苦点儿，可只要地里能长出庄稼、打出粮食，这点儿苦算个甚。

他想把这话好好地和拴牢、长命说一说。各人各命，拴牢生在烧瓷人家，就得去学烧瓷；长命生在庄户人家，就得学着种庄稼。

人不能由着自个儿的性子，想做甚就做甚。要知道，有多少人饿死在山西老家。他们千辛万苦走到口外为了甚，还不是为了有一口吃的。

这会儿，大水湾子有吃的有喝的，他们不能不知足。

# 第五十章　糟心娃

米仓带着老婆娃娃从口里来到口外，一心想着寻矸子泥。

他想着的是，拴牢也不小了，寻着矸子泥，赶紧把瓷窑和作坊垒起来，让拴牢尽早把这烧瓷手艺练起来。

他们一家随满粮大哥来到大水湾子，寻了两天没寻着矸子泥，他就想掉头到别处去。

没想到，老天爷照应，不仅让他寻着了矸子泥，还寻着了现成的瓷窑、作坊和住人的窑洞。

他觉着，这是他们祖祖辈辈烧瓷人积下的阴德，才让他有了这么好的造化。

瓷窑有了，作坊有了，窑洞也有了，可儿子拴牢却不想学烧瓷手艺了。

一听儿子不想学烧瓷，他死的心都有了。

儿子不学烧瓷手艺，那他的烧瓷手艺传给谁？这瓷窑、作坊还有甚用？

儿子不学烧瓷手艺，他咋对得起把这烧瓷手艺传下来的列祖列宗？

要是这烧瓷手艺在他手里断了，他就是死了，也没脸去见列祖列宗。

拴牢跑了后，他回窑洞囫囵躺倒在炕上，就再不想起来，再不想去摆弄那些个泥坯。

他想着，难道这烧瓷手艺要在自个儿手里断了不成？

他回想起长命盯着泥坯的样子，叹了一口气，要是拴牢像长命一样，对烧瓷手艺这么上心就好了。可拴牢不是长命，长命也不是拴牢。

泥水营生张罗起来了，不能半半不落地停下，他想着先把长命叫来帮几天忙，把这一窑瓷烧出来再说。

满粮大哥说，让拴牢也一起过来。他的心里又生出了盼望，想着，没准拴牢看着长命用心做瓷，就会回心转意。

拴牢回来后，还是那个样子。他尽管还是生气，可他劝自个儿把火气压一压，心里告诫自个儿，拴牢再不对也不能动巴掌了。

长命原来话不多，这回回来话更少了，好像和他也生分了些。

他心里琢磨着，长命这娃咋的了，原来摆弄泥坯挺上心，这次过来咋也三心二意的了。

开始，长命对烧瓷手艺也没怎么上心。当他看着背回的一堆泥土，慢慢地变作了一个个泥坯，再想着这一个个灰头土脸的泥坯，经他的手变作好看的瓷盘瓷碗，他就觉着特别神奇。

他想和干大学烧瓷手艺，可父亲的一番话给他泼了凉水。

父亲说，米仓干大的烧瓷手艺是祖祖辈辈传下来的。祖祖辈辈都是父亲传给儿子，连亲闺女都不传，咋会传给他一个两姓外人。

他琢磨来琢磨去，觉着父亲说的话有道理。他虽说是米仓干大的干儿子，可干大咋会放着亲儿子不教，教他一个干儿子。

再去瓷窑后，他虽说心里爱见那些泥坯，可干大不让他动，他就再不轻易地上手了。

米仓一心只在烧瓷上，再者有拴牢这么个糟心娃，也没细想长命为何变得三心二意。

一大早，他从窑洞里爬起来就到了作坊，想着赶紧把这一窑瓷烧出来。

虽说瓷器烧出来，当下没个卖处，可也得烧些手头用具，像打水的水罐、放水的水瓮。

他们要在这大水湾子扎占下来，咋也得有个人家样，再不能少这缺那的。

他看长命和拴牢都不咋上心，就吩咐他们干一些零碎活，拉坯、打磨、上釉这些细致活儿还是他自个儿上手做。

这些细致活儿都需要一心一意地做。两个娃这会儿三心二意的，他实在不放心把这细致活儿交给他们。

最主要的是，他怕长命或拴牢不上心损坏了泥坯，他又压不住火，忍不住给长命或是拴牢一下子。

一个人做活儿虽是累点儿、苦点儿，可只要心里痛快，累点儿、苦点儿都没甚。

亲手把一堆泥土变作泥坯，再把一件件泥坯烧成瓷器，他的心里就像喝了蜜一样。

他想让两个娃看看，看看他们从山上背回的矸子泥，咋变作一件件泥坯，咋变作了一件件瓷器。

他觉着，两个娃看着烧出的一件件瓷器，肯定会打心里爱见这烧瓷营生的。

这都是他黑夜躺在炕上睡不着时想到的。白天，他一走进作坊就甚也不想了，他的整个人、整个心都放到了面前的泥坯上。

他小心地打磨着泥坯，打磨一气，用手摸一气，直到那泥坯在手里变得光光溜溜的，没有一丝一点拉手的棱棱角角。

他开始给打磨好的泥坯上釉，碗和盘是白的釉，罐和瓮是黑的釉。

白釉的碗上画一个蓝的碗沿，白釉的盘上画一个粉的花朵。

瞅着打磨好的、描画好的碗和盘，他的心里暖洋洋、热烘烘的。

# 第五十一章　点火仪式

米仓记着，小时候，刚会走路，父亲就领他到了作坊。一看见那些上了釉、挂了彩的瓷盘瓷碗，他就想扑过去。

儿子刚会走路时，他也把儿子带到作坊，也想让儿子看看那些上了釉、挂了彩的瓷盘瓷碗，可儿子看着这些瓷盘瓷碗愣了下神，便掉头出了作坊。

作坊的外面有一棵树，树上有一个雀窝。一只雀立在树头上，叽叽喳喳地叫着。儿子被那只雀的叫声吸引了，两只眼睛呆呆地瞅着树上的雀。

他想着，儿子打小就不喜见这些瓷器玩意，长大了心也不在这瓷器玩意上。

碗和盘挂了白的釉，缸和瓮挂了黑的釉，下一步瓷窑就要点火了，他又高兴又有些不安。

这是他在大水湾子烧的第一窑瓷器，这窑瓷器烧成的话，他们一家人一辈子就留在大水湾子；要是瓷器烧不成的话，他不知道以后还能不能在这大水湾子扎占。

那天，他心烦意乱地在外面走着，不由自主地走到山梁上。

远远地看到地畔坐着一个人，不用猜他也知道那是满粮大哥。

正像他离不开瓷窑，满粮大哥也离不开田地。

满粮每天都要到地里看看，地里的草拔尽了，他就给庄稼苗松土。

草拔尽了，土也松过了，他就坐在地头瞅着庄稼苗子。

看着绿油油的庄稼苗子，每天都长高一些、长壮一些，满粮的心里就安安稳稳的。

到了地头，米仓坐下来瞅着庄稼苗子。

两人都没有作声，呆呆地瞅着地里的庄稼苗子。

米仓叹口气说："瓷窑这两天就要点火了，可俺心里七上八下的，总是不安稳。"

满粮知道，米仓因为拴牢不学烧瓷手艺，心劲儿不足，有些怕三怕四的。

他没有看米仓，瞅着田地说："俺开始还担心这田地能不能长出庄稼苗子。就那么点儿粮食，要是种到地里出不了苗，粮食也糟害了；可不把种子种到地里，咋能知道这地能不能长出粮食。你看，种子种到地里，庄稼苗子果然就长出来了。虽说今年长得不好，可咱明年还能种。只要肯下功夫，这庄稼肯定能越种越多、越长越好。"

等他回过头，米仓不知多会儿已离开了。抬头看时，米仓已向着瓷窑的方向走去。

瓷窑点火的头一天，满粮上了山梁，摘回些红果子。

一大早，他和长命到大水湾子扎了两条大鱼。他觉着，今儿个扎上来的两条大鱼比以往扎上来的都要肥些、壮些。他觉着，这是个好兆头。

他倒衩子里揣着红果子，长命手里提着鱼，两人向着瓷窑走去。

等到了瓷窑时，他看到米仓在瓷窑跟前站着。

他知道，米仓点火前要祭窑神。

他和长命轻手轻脚地走到窑门前。这时，米仓过来从长命手里接过鱼，轻轻地放到土台子上，他从倒衩子里掏出红果子也放到土台子上。

拴牢在窑洞门口朝瓷窑这边看着，满粮招了招手，拴牢慢慢地挪到瓷窑前。

窑门的土台子上放着一碗米，米仓点着三炷香，插在盛着金黄色小米的碗里。接着，米仓跪在地上，满粮、长命、拴牢也都跟着跪在地上。

米仓重重地磕了三个响头，他们三个也跟着米仓磕了三个响头。

米仓从地上站起来，回头望着满粮，满粮冲他点了点头。

满粮退到作坊门口站定，回头看着作坊里做瓷用的各样家什，想着米仓一身水、一身泥忙乱的情景，不由得叹了一口气。

他想着，干甚也不容易。

他只盼着瓷窑能够顺顺当当地烧出瓷器，米仓也能安安心心地待在大水湾子。

过了一会儿，他看到窑门口冒起了蓝烟，应该是瓷窑点火了。

长命把两条鱼提回窑洞，却没看到干妈。

又过了一会儿，拴牢妈提着个袋子从外面回来，袋子里是她拔回来的野菜。

拴牢妈轻声问长命："点着火了？"

长命说："点着了，干妈。"

满粮想着，自从他进来就一直没见着拴牢妈，刚才还在奇怪，这会儿才想起来，祭窑神时有瓷窑前不能有女人这一习俗。

吃过饭，满粮回了自个儿的窑洞。临走时，他把长命和拴牢叫到跟前，嘱咐长命"好好帮着你干大搭照瓷窑"，又嘱咐拴牢"千万不可惹你大生气"。

# 第五十二章　出窑

泥坯要在瓷窑里烧三天三夜，米仓不论白天黑夜一步也不敢离开瓷窑。

吃饭的时候，拴牢妈让长命给他干大端到窑门口。

米仓盯着瓷窑，接过碗胡乱拨拉几口，就把碗递给了长命。

拴牢妈一天守在窑洞里，从不往瓷窑前走一步。

叫长命或是拴牢下山抬水时，离得远了她就招招手，离得近了她就凑到耳朵边，悄悄地说一声。

两个娃也被吓住了，干甚都是轻手轻脚的。

瓷窑里像孵着一窝小鸡，他们生怕惊动了窝里的母鸡。

一天、两天、三天，米仓守着瓷窑，眼、耳、心都系在那一眼瓷窑上。他的眼睛盯着，耳朵听着，一颗心扑扑地跳着。

他其他甚都不想，甚都不管，只一心一意地盯着、听着、想着瓷窑里的泥坯。

他想着，火慢慢地烧起来。

他想着，上了釉的泥坯，被热烘烘的火烤着，慢慢地泛出了光亮，那光亮一点点地扩大，直到布满整个泥坯。

听到泥坯开裂的细碎响声，他的心里咯噔一下，想着是不是泥坯烧坏了。

他又安慰自个儿，烧了这么些年瓷器，按说不会出甚岔子。

泥坯在瓷窑里烧够三天三夜，就要撤火降温。

等温度降下来，就能出窑了。

瓷器出窑时，满粮也过来了。

满粮看到，经了三天三夜的熬磨，米仓整个人脱了形。

他头发挓挓挲挲的，一张原本黑瘦的脸更黑更瘦了，看着像个小老头，眼窝塌下去好些，可两只眼睛却瞪得像铜铃一样。

窑门打开，满粮看到了烧好的瓷器，那是黑黑的水罐和水瓮。

满粮和米仓把瓷器慢慢地取出来，一个个地搬到作坊里。

看着烧好的瓷器，米仓脸上露出笑来，身子却是忽地栽倒在地。

满粮和长命忙把米仓搬到窑洞的炕上，满粮以为米仓累病了，却听到米仓如雷的鼾声。

他想着，米仓累苦了，让他好好睡哇。

他把长命和拴牢叫出来说：“走哇，你们两个捣蛋鬼留下俺不放心。”

他在前面走，长命和拴牢两个跟着他下了山。一下山，两个娃就跑起来。

他知道，这些天，两个娃待在瓷窑，大气不敢出一声，都快憋坏了。

这会儿，瓷器烧出来了，瓷窑也没甚事了，叫两个娃出来放松放松。

两个娃就跑就哇哇地叫着，真像疯了一样。

米仓睡了两天才睁开眼睛，拴牢妈看米仓醒来，把早就熬好的稀粥舀了一碗递给米仓。米仓哆哆嗦嗦地把碗接过来，呼噜呼噜把一碗稀粥喝到肚子里。

看米仓喝空了碗，拴牢妈又舀了一碗递过去，一边递一边说："慢点儿喝，慢点儿喝。"

拴牢妈瞅着瘦了一圈的男人，不免有些心疼。

自从瓷窑点火后，米仓就没踏进窑洞一步。

拴牢妈白天做熟了饭，让长命端过去，米仓拔拉上两口，就让长命端回来了。

拴牢妈把满粮给的兔皮叫长命拿给米仓，让米仓黑夜睡时铺在身下，可米仓三天三夜硬是没合过一次眼。

喝了两碗稀粥，米仓觉着身上有了力气。

他下了炕，一步步地踱到作坊里。

他走到烧出的瓷器旁，仔仔细细地打量着、端详着。

打量端详了一气，他不由得笑出了声。

米仓躺在炕上睡着后，满粮回了窑洞。回了窑洞后，他还是有些不放心米仓。

两天后，约莫着米仓睡醒了，就领着长命和拴牢来了瓷窑。

他们来时，米仓坐在作坊里，正不错眼珠地盯着烧出的瓷器。

看着摆在地上的瓷器，满粮高兴地说："这就是咱背回的矸子泥烧出来的？"

米仓说：“是哩，是咱背回的矸子泥烧出来的。”

长命看着烧出的水罐，回想起他们一起背矸子泥的情景。

他有些不相信，眼前锃光瓦亮的水罐是由稀稀软软的矸子泥变成的。

他觉着，烧瓷比种庄稼有意思多了。他想着，要是自个儿能学会烧瓷手艺，有一天也能烧出这锃光瓦亮的瓷器那该多好呀。

可想着父亲说的话，他在心里叹了一口气。

# 第五十三章　穗头

瓷窑出了瓷器，米仓心头的一块石头落了地。

他本来想着，拴牢看见烧出的瓷器，就会想着学习烧瓷，可看着拴牢心神不定的样子，他叹了口气。

再看长命，却是不错眼珠地盯着烧出的瓷器。他想着，要是拴牢是长命该多好呀。

米仓在新出的水罐的两个耳子上系了绳子，把水罐递给了满粮，满粮小心地接过水罐。

满粮和长命要回去，拴牢也要跟着走，拴牢妈拉了儿子一把。

第一窑瓷器出了窑，米仓本琢磨着再烧下一窑，可却不由得犯了愁。

他看出，拴牢对烧瓷还是不上心。

他叹了一口气，烧第一窑时，好歹有长命帮忙，瓷器凑凑合合地出了窑，烧下一窑，谁来帮他。

要是紧着让长命帮忙，不教长命手艺，他咋向长命交代？

可他家的烧瓷手艺祖祖辈辈都是父亲传给儿子，传了多少代，这烧瓷手艺都没改过姓。

长命虽说是爱见烧瓷手艺，可长命毕竟是两姓外人，他把这烧瓷手艺传给外姓人，咋向老祖宗交代。

看见站在地上的拴牢，他的心里又不由得升腾起一股怒气。他想捶死这个逆子，可捶死了这个逆子又能咋样。

满粮提着水罐往回走时，心里想着，按说瓷窑顺顺当当地烧出瓷器，米仓该乐成啥样了，可看米仓远没有他想的那么高兴。

看着瘦了一圈的米仓，他有些替米仓难过。他知道米仓的心事，米仓还是愁不肯学烧瓷手艺的拴牢。

拴牢从瓷窑跑出来后，满粮就领着长命和拴牢灌水浇地。

他想让拴牢多受些庄稼地里的苦，让他知道庄稼地里吃的苦，比瓷窑还要苦几倍。

他要让拴牢累得哭爹喊娘，再不想在庄稼地里干活，一奔子跑回瓷窑。

可他想错了，抬了水爬山上梁，拴牢虽也累得够呛，可从来没喊一声苦、叫一声累，更没有一奔子跑回瓷窑。

这会儿，看着愁苦的米仓，他也没了辙。他想着，拴牢还小，不一定多会儿就转变过来了。

反正地也种得不多，等米仓再烧瓷时，他和长命去给米仓背矸子泥。

想起自个儿和长命刚来大水湾子时，看到大水湾子里的水，看到山梁上绿油油的树，他高兴得一个头磕在地上。

没有吃的东西，他们就到山梁上摘红果子吃，没有住的地方，他们凭一把锹掏了窑洞。

藏着的吃食被饿狼叼走，他们吃着冰冻的红果子，硬是熬过了一个冬天。

这会儿，窑洞里盘了火炕、垒了锅台，瓷窑里烧出了水罐，田地里长出了庄稼，这日子眼看着是越来越好了。

田地里的庄稼虽长得稀稀拉拉的，可还是抽了秆、结了穗。

望着抽秆结穗的庄稼，满粮心里欢欢喜喜的。

庄稼秆上的穗头虽不是很大，可却是实实在在的粮食。

站在地头，眯眼望着沉甸甸的穗头、穗头上实实在在的粮食，他想到的是冬天里烧得热气腾腾的锅灶，热得烙屁股的火炕，熬得热乎乎的稀粥。

正在他眯眼想着这些美事时，耳边呼啦啦一声，他睁大眼睛，看到从旁边的树头上忽地飞下来一群老家巴子。

老家巴子毛乎乎的身子落在庄稼的穗头上，那穗头被老家巴子毛乎乎的身子压得摇来晃去。

老家巴子使劲儿抓住穗头稳住身子，低下头张嘴扑到穗头上，没命地啄着穗头上的粮食。

他愣愣地站在那里，他不知道，这带毛长翅的小东西会来偷吃粮食。

他想赶走这些毛东西，可又想到，老家巴子也是一条命，吃点儿就吃点儿哇，再说一张小尖嘴能吃多少。

老家巴子吃了一气，站在穗头上蹬踹歇喘一气，便商量好了一样，呼啦啦一声又飞到树头上。

等老家巴子飞离了穗头，他走近庄稼，只见穗头被老家巴子蹬踹得挓里挓挲，再低头一看，穗头下面的地上落了好些泛绿的粮食颗颗。

他把粮食一颗颗地用手指捏起来，手心里就有了一小把。

抬头望着飞回树头上、肚子鼓鼓的老家巴子，低头看看手心里泛绿的粮食颗颗，他想着，这一小把粮食就能熬一锅热热乎乎的稀粥。这一锅热热乎乎的稀粥就是一家人的一顿饭，他不免有些心疼。

# 第五十四章　赶老家巴子

烧出第一窑瓷器后，米仓没有张罗着再烧瓷器。拴牢在家待了几天，憋闷得不行，就又跑了出来。

满粮把长命和拴牢带到山梁上，从树上铲了些嫩树枝，让他俩拿着树枝，轰赶飞到庄稼地里偷吃粮食的老家巴子。

他想着，稀稀拉拉的庄稼苗子好不容易结下这么几个穗头，要是再让老家巴子给糟害了，那他们冬天就得饿肚子了。

就他们父子两个，咋也好对付，这会儿，他把米仓一家人拉过来，咋也不能让米仓的女人娃娃受制。

长命和拴牢手里拿着树枝，看到有老家巴子落下来，一边嗷嗷地叫，一边使劲儿挥舞着树枝。

老家巴子看这边的地头站着人，就悄悄地躲到另一边地头的树头上。趁两个人在另一边的地头说话，老家巴子便扑到这边地头的庄稼穗头上，一阵猛踹乱啄。

满粮到树林子里又捅了几根长些的树枝，拿着树枝从树林里出来后，喊了一声“长命”。

他的一声叫喊，惊动了落在庄稼穗头上猛踹乱啄的老家巴子，一群老家巴子呼啦啦飞到树头上。

他气得骂开了：“长命，让你看庄稼，你干甚了！”说着拿了手里的树枝就抽在长命身上。

拴牢吓得跑到一边，眨巴着眼看着满粮手里的树枝。

满粮气得把树枝扔到地上，走到刚才落着老家巴子的庄稼跟前。

看到被老家巴子蹬踹得挓里挓挲的庄稼穗头和落在地上的粮食颗颗，他的心一阵阵地疼着。

回头看着长命和躲在一边的拴牢，他的气又是不打一处来。想着，这两个娃真是前世的冤家，该烧瓷的不好好学烧瓷，该种地的不好好学种地。米仓糟心，他也闹心。

长命和拴牢还是每天去山梁上看庄稼。临走时，满粮对长命说：“好好看庄稼的，那是咱的口粮，没了口粮，咱冬天喝尿吃屎呀！”

长命尝过冬天挨饿的滋味，再不敢不上心。他知道要想不饿，就要保住地里的粮食。

再去地里，他自个儿在这边的地头守着，让拴牢在另一边的地头守着。

老家巴子落到这边的庄稼地里，他就拿树枝抽着；老家巴子落到另一边的庄稼地里，拴牢就在那边用树枝子抽着；要是老家巴子落到中间的庄稼地里，他们两个人就一起跑到地中间，追赶着老家巴子，直到老家巴子都飞回到树头上。

长命想着，他们种这么点儿粮食，老家巴子还要来偷吃。

他就一边追，一边骂："让你吃，让你吃，看爷不吃了你。"

天黑下来，老家巴子宿了眼，在树上睡着了，长命和拴牢才下了山梁，往窑洞走去。

走在路上，长命问拴牢："想吃肉不？"拴牢瞪眼瞅着长命说："甚肉？"长命说："想吃肉，咱黑夜再出来。"

惦记着长命说的吃肉的话，拴牢一直睡不着，长命推他时，他一骨碌从炕上爬起来。

他们两个悄悄地下了炕，悄悄地出了窑洞。

长命领着拴牢上了山梁，向着田地走去。

天黑咕隆咚的，拴牢有点儿害怕，他悄悄问长命："吃甚肉？"

长命没有理会，还是慢慢地往前走着，拴牢紧紧地跟在长命身后。

他们走到树林跟前，长命摸索着爬上一棵大树。

站在树下，拴牢看到树上一亮，树上睡觉的老家巴子被惊醒了，咕咕嚷嚷地小声叫着。

一会儿，树上的亮慢慢地往下移动，长命也慢慢地往树下爬着。

长命下了树，手里多了一个东西，那是衣裳包，衣裳包里传出咕咕嚷嚷的叫声。

早上，长命和拴牢早早地从炕上爬起来，就去了田地里。

他们一边往庄稼地跑，一边噢噢地叫着。

老家巴子也起来了，一起来就飞落到庄稼穗头上。飞落到穗头上的老家巴子，虽听到噢噢的叫喊声，可还是舍不得离开结着粮食的穗头，还是用爪子踹着、用尖嘴啄着。直到拴牢和长命跑到近前，捡起地上的树枝，向着老家巴子抽过去，老家巴子才一边叽叽喳喳地叫，一边飞上树头。

长命把怀里抱着的褂子放到地上，让拴牢看着庄稼地。他走进树林里，拾了些干树枝和干树叶。

他从褂子倒衩子里掏出火镰，点着地上的干树叶，点着的干树叶冒起一股蓝烟。

他趴在地上吹了吹，干树叶腾起一团红火，他把折断的干树枝放到火上。

解开衣裳包，他将衣裳包里的老家巴子掏出来丢在火里。

拴牢知道了，长命让他吃的肉，就是火堆里烧成圆球的老家巴子。

长命把火里的圆球拨拉出来，用干树枝把圆球扎起来递给拴牢。拴牢没敢接，长命笑了一下，在圆球上咬了一口，那黑黑的圆球被咬开后，冒出一股好闻的肉香来。

长命和拴牢吃了烧熟的老家巴子，用树枝掏了一个土砵子，把树枝烧成的黑灰埋到土钵子里。

# 第五十五章　收庄稼

绿油油的庄稼慢慢地泛了黄，泛了黄的庄稼腰身越来越弯了，穗头越来越沉了。

望着沉甸甸的穗头，满粮笑得眼睛眯成了一道缝。

这沉甸甸的穗头让他的心里踏踏实实的。他知道，这沉甸甸的穗头里结的是实实在在的粮食，只要有了粮食，他和长命还有米仓一家就能活下来。

每天天不亮，他钻出窑洞就跑到山梁上。上了山梁，他三步并作两步跑到地头。

树林黑沉沉的，老家巴子还在树枝上睡着觉、打着盹，四下里哑鸣静悄的。

天一点点地亮了，老家巴子慢慢地醒过来，抖抖被露水打湿的翅子，喳喳地叫着，像商量好了一样，一齐扑拉拉从树头上飞起来，石子一样落到庄稼穗头上。

正想着心事的满粮，看到飞落下来的老家巴子，一下子惊跳起来，用力挥舞着手里的树枝。

他一边挥舞着树枝，一边哇哇地叫着。

刚落到穗头上的老家巴子还没有站稳，就被惊得飞了起来。

飞离树头还没落到庄稼穗头上的老家巴子，看到挥舞着的树枝，听到哇哇的叫喊声，都吓得四下乱飞。

热扑扑的阳婆每天火辣辣地照着。吸收了阳婆热乎乎的光和热，沉甸甸的穗头里的米颗颗越来越鼓、越来越饱。

老家巴子的硬爪子一蹬一踹，又鼓又饱的米颗颗就会簌簌簌地落到地上。

这米颗颗是他们两家人一个冬天的口粮，眼看着快到嘴边的粮食，他怎能让老家巴子糟害了。

米仓也惦记着庄稼，瓷窑上不忙时，就跑到田地里，和满粮一起赶着顾头不顾尾落到庄稼穗头上啄食米颗颗的老家巴子。

长命和拴牢虽是贪耍，可看着庄稼时，也不敢有一点儿大意。

从小挨冻受饿，他们老早就尝到了饿肚子的滋味。尝了饿肚子的滋味，他们就知道粮食的精贵。

满粮一颗心全放到庄稼上，生怕这庄稼有一点儿闪失。

快要熟了的庄稼就怕刮大风、下大雨。大风一刮，庄稼一摇，穗头上的米颗颗就落到了地上。连阴大雨一下，穗头上的米颗颗长着长着就能生出芽来。

这几年，雨点子像金豆子一样，可大风却是说来就来，一刮起来就昏天黑地。

他每天早上从窑洞里爬出来就抬头看天，看天上飞起一小片云彩，他的心里便捣开了鼓。

他抬头望了望天，阳婆还是红彤彤地挂在天上。他又低头瞅了瞅地，沉甸甸的穗头还是好好地长在庄稼上。

他扑通一声跪倒在地，心里念叨着："老天爷，可怜可怜俺们受苦人哇，可千万不敢刮大风。"

庄稼熟到九成时，他再不敢等了。

他让长命到瓷窑捎了话，明儿个他们一起到山梁上收庄稼。

第二天天一亮，他和米仓、拴牢妈到山梁上的地里收庄稼，长命和拴牢从山梁上的地里往回背庄稼。

庄稼收回来后，他留下来年种地的种子，把庄稼分成一大堆和一小堆，把大堆的让给米仓，小堆的留给自个儿。

他说："你家人口多，多留些。"

米仓说："哥，你在这庄稼地里下的辛苦最多，俺哪能多要，要不就一家一半分开。"说着，他将大堆上的庄稼要往小堆上匀了些。

他赶紧拉住米仓说："不要再让了，俺和长命过来背矸子泥也要吃饭，难不成你还让俺背干粮来？"

他想着，他在庄稼地里辛苦是辛苦，可要不是米仓带来了种子，他就是下再多的辛苦，空地里咋能长出粮食。

今年粮不多，凑合着吃哇，来年说甚也要多种些庄稼，多打些粮食。

庄稼多了，多辛苦些，打的粮食也多些。粮食多了，他和米仓也用不着再推来让去了。

第一年在这大水湾子种庄稼，不管粮食打多打少，他都是高兴的。只要这地里能长出庄稼苗苗，能打出粮食颗颗，他就没甚不满意的。

他想着，赶明儿，他得让米仓兄弟再烧几个大瓮，粮食放到大瓮里，不遭水气就坏不了。

庄稼收回来后，他和米仓领着两个娃打了些红果子。赶着天冷前，他们又扎了些鱼、逮了些鸡、网了些兔。

虽说有了粮食，他们也得省着些吃。到了青黄不接的时候，有了粮食，他们就用不着吃长毛的野物了。

想着去年冬天时，在窑洞外偷吃他们吃食的饿狼，他让米仓赶在冬天前把门户都修整了一遍。

冬天也不需要用水罐抬水了，他就把打回的野物放到水罐里，这样饿狼来了也偷不走了。

# 第五十六章　好光景

赶在天冷之前，满粮和长命去了趟瓷窑。他们把打到的野物给米仓家带去些，又查看了下瓷窑的门窗。

看米仓窑洞前堆着一大堆干树枝、干树叶，他满意地点点头。

等冬天下了雪，他们就不能再去瓷窑了。

想着冬天里闯到山下的饿狼，他多少有些担心。

他嘱咐米仓多加小心，让拴牢好好待在窑洞里，不要往外面跑。

窑洞里有了锅台和火炕，又有了米颗颗，和去年相比，今年冬天要享福多了。

坐在热乎乎的火炕上，喝着热乎乎的稀粥，这是他跑口外的路上就想过的好光景。

这会儿，他和儿子长命终于过上了这好日子，要是老婆和闺女也活着，他的日子就没一点儿不全乎了。

冬雪刚一化开，拴牢就不愿意再在窑洞里待着了。

拴牢要去寻长命，米仓有些担心，要跟着拴牢，可让拴牢妈一个人留在窑洞里，他又有些不放心，索性一家三口相跟了一起走。

还没到窑洞前，拴牢就“长命哥，长命哥”地喊开了。

长命听到拴牢的叫喊，高兴地跑到窑洞口。

满粮也听到了，过去把堵在窑洞口的树枝捆子搬开。

一个冬天，满粮守在窑洞里，想着米仓一家人第一年在大水湾子过冬，心里不免有些担心。这会儿，看着笑盈盈地走过来的一家人，他的一颗心落到了肚子里。

拴牢跑到他面前，一个劲儿地喊着“干大、干大”。

他忙不迭地答应着“唉、唉”。

拴牢妈抓着长命的胳膊，端详着长命说：“长命瘦了，也长高了。”

长命不好意思地叫了声“干妈”，又冲着米仓叫了声“干大”。

拴牢妈在地上张罗着生火做饭，他和米仓坐在炕上就打开了话匣子。

他们就像要把憋了一年的话都说出来一样，一会儿说这个，一会儿说那个。

一边说着一边眯眼笑着，等说得困了乏了，拴牢妈也把饭做好了。

他们盘腿坐在炕上，一边吃着饭一边还说着话。

他和米仓说着话时，拴牢和长命的嘴也没闲着。

看着男人有男人的伴，娃儿有娃儿的伴，拴牢妈觉着有些孤单。她想着，要是长命妈来了就好了，她们两个女人也能说些女人家的话。

可她知道，长命妈八成是不在人世了。一想到长命成了没妈的娃，她又不由得叹了一口气。

米仓对满粮说，他今年打算多烧些瓷器。等瓷器出了窑，他就拉着出去蹚蹚路子，用瓷器换点儿油盐酱醋。

满粮问："打算多会儿开工？到时让拴牢过来喊一声，俺和长命过去帮忙。"

米仓说："咋也得等山上的矸子泥解冻了，这会儿着急也不顶用。俺想和你商议，让长命和俺学烧瓷。"

满粮瞪眼瞅着米仓说："长命过去帮忙行，学烧瓷可不行。"

米仓说："俺看长命爱见烧瓷，人也灵醒，要是好好学的话，准能成个好烧瓷匠人。"

满粮说："他爱见就行了，还能由了他了。俺回头劝一下拴牢，你也不要打骂拴牢。"

米仓叹了一口气，不再说甚了。

又过了几天，天气稍暖和了些，拴牢在窑洞再也待不住了。

满粮见拴牢独个过来，想着去年冬天下山搜寻吃食的饿狼，心里有些害怕，着急地说："一个人可不敢瞎跑，小心碰上狼。你大和你妈知道你来吗？"

拴牢回答："知道，俺给俺大和俺妈说了，俺要在干大这儿住两天再回去。"

满粮想着，不回去也好，他正好和拴牢说道说道，让拴牢好好学烧瓷，省得米仓操心。

# 第五十七章　祖业

吃过饭，满粮对拴牢说：“拴牢，你看，你爷爷是烧瓷的，你大也是烧瓷的，你不学烧瓷咋行哩。再说，学烧瓷有甚不好的，别人想学还没地方学哩。等你学会了烧瓷手艺，以后干大想要个碗了盘了的，你就给干大烧了送来。”

拴牢顿了顿，说：“让长命哥学哇。”

满粮耐着性子说：“你长命哥还要学种地，他哪能学烧瓷了？”

拴牢说：“长命哥愿意学烧瓷，咋不叫长命哥学？”

拴牢扭头问长命：“长命哥，你愿意学烧瓷吗？”

长命低下头，没作声。

他硬着口气说：“你长命哥的祖爷爷、爷爷都是种地的，你干大也是种地的，你长命哥也要学种地，不能学烧瓷。”

拴牢还想说甚，长命看了拴牢一眼，示意拴牢不要说话，拴牢就没再往下说。

他怕米仓和拴牢妈担心，拴牢待了一天一夜，他就让长命把拴牢送了回去。

长命回来后，他又把以前对长命说的外姓不能学烧瓷的话说了一遍，长命只是低头听着，不说话。

没有劝动拴牢，他觉着有些对不住米仓，可他又没有别的法子。

要是长命的话，他着急上火了，打上一顿骂上一气都没说的，可拴牢毕竟不是自个儿的亲儿子，再重的话他也说不出。

米仓说的让长命学烧瓷，他咋能同意哩。要是米仓没儿子，那也是没法子的事儿。米仓明明有儿子，却让长命学烧瓷，那不是明着让长命抢拴牢的饭碗、抢拴牢的祖业嘛。

长命就是爱见烧瓷，他也不能让长命办这不仁不义的事。再说了，人不能爱见甚就做甚，要是都由了自个儿的性子，那还不乱套了。

干甚有干甚的规矩，命里是种地的就别想着去学烧瓷，命里是烧瓷的，也不能撇下烧瓷去学种地。

眼看着天气一天天暖和了，米仓便张罗着要烧瓷了。

满粮带着长命过去和米仓背了几天的矸子泥，自个先回来了。他想让长命也回来，可拴牢不待见烧瓷，米仓没个帮手不行。

看着拴牢不学烧瓷手艺，米仓心灰意冷。他想把这烧瓷手艺丢开，可祖祖辈辈传下来的手艺丢了，他咋向祖宗交代。

看长命对烧瓷上心，他就想着把烧瓷手艺传给长命，好歹把这烧瓷手艺传下去。

他和拴牢妈商量到半夜，拴牢妈担心儿子拴牢不学烧瓷手艺，以后没个养家糊口的本事，不由得伤心落泪。

最后，米仓也管不了许多了。他和长命一起把矸子泥倒在碾槽，在碾槽里碾过后，就倒进了储泥池里沉淀着。

泥浆在储泥池里沉淀着，他们便没甚事了。

米仓说："长命，回个问你大哪天种地，过来说一声，咱一起过去和你大种地。"

满粮又在山梁上开出一块儿新地来，打算多种些庄稼，好多打些粮食。

回山西老家没接上老婆和闺女，他碰着了米仓。米仓救了他的命，他把米仓一家人拉引到大水湾子。

老天爷照应，米仓寻着了瓷窑、寻着了矸子泥，留在了大水湾子。

他把米仓带来的种子种在地里，地里长出了庄稼，打下了粮食。

米仓给他们爷俩盘了火炕，垒了锅台。

冬天，他在米仓垒的锅台上熬了稀粥，盘腿坐在米仓盘的热乎乎的火炕上，喝上了热乎乎的稀粥。

他觉着，自从米仓一家人来了后，他们爷俩的日子就一天天地好过了。

去年留的种子多一些，他今年也多挖了些荒地。多种才能多收。粮食多了，即使冬天守在窑洞里他们也不用担心没吃食了。

# 第五十八章　精细活儿

种子早就准备好了，这两天正是下种的时候。

第二天天一亮，满粮和长命上了山梁。不大工夫，米仓和拴牢妈领着拴牢也到了田地里。

还是像去年一样，满粮用锹开出田垄，拴牢妈在田垄里撒种子，米仓用脚把种子埋起来，跟在后面的拴牢和长命把土踩实。

拴牢一边踩着田垄一边说："干大，咱这地里再种些好吃的哇。"

满粮笑着说："种，种，咱以后再种些好吃的。"

他想着，这地里能长出这个庄稼，就能长出别个庄稼。

五谷杂粮、精米白面，甚不是地里长出来的？这地里能长出米来，也就能长出面来。

米仓不是要拉了瓷出去蹚蹚路子嘛，让米仓再顺便往回带点儿种子。

虽说喝稀粥也能活人，可要在这大水湾子长久扎占下来，他们也得把这日子再往全乎过一过。

他想着，这日子本来过得顺风顺水，可拴牢偏偏不想学烧瓷，长命对种地又不咋上心。

长命倒是好说，不让他上瓷窑，他也就没了心思。硬把他摁到地里种地，他也反不了天。

可拴牢咋好哩，烧瓷是个细乎营生，就是把他摁到作坊里，要是不上心，咋能学会，又咋能学好哩。

米仓就这一个儿子，可这个儿子却不能继承祖业，米仓该是咋样难过哩。

他叹一口气，想着人活得再舒心也有不如意的地方。

就像他，寻着了大水湾子，想着把老婆闺女接来，一家人全全乎乎地过日子。可谁能想到，老婆和闺女闪在半路上，撇下他们孤孤单单的父子俩。

米仓老婆娃一家人全全乎乎的，可拴牢偏偏不待见烧瓷手艺。

唉，老天爷咋就不能让人全全意意地活一回。

今年，种子种到地里，老天爷照样没下雨。

这大水湾子虽是能种庄稼、能打粮食，可老天爷不下雨，还得拿水罐罐了大湾子里的水来浇地。

米仓拿来烧好的水罐，他们提着两个水罐，一趟一趟地从大水湾子提了水往田地里浇水。

虽说有了水罐，能浇上地了，可爬坡上梁，浇这一大片地也费死牛劲儿。

连着跑了几趟，两个娃都有些受不住了。

到了地头，两个娃坐在树荫下歇息。他和米仓把水罐里的水倒在地里，也在旁边的树荫下坐下来。

拴牢擦着小脸上的汗水，龇着牙说：“好热，好热。”

满粮想着，拴牢说要跟着他种地，该让拴牢多吃些苦头，让他知道种庄稼不容易，也好让他回心转意去学烧瓷手艺。

地里忙了一阵子，泥浆在储泥里沉淀得差不多了，米仓便在作坊里忙开了。

前一阵子，从山上往回背矸子泥，将矸子泥倒在碾槽，再把碾好的泥浆倒进储泥池里沉淀，干的都是粗笨的营生，米仓不吩咐，长命也抢着干。

后来的工序，像拉坯、上釉就都是精细活儿，长命就不敢轻易上手了。

长命虽爱见烧瓷手艺，可一想起父亲说的他不能学烧瓷手艺的话，就觉着有些不自在。

可看着干大忙前忙后，他就是想说离开瓷窑也说不出口。

米仓看长命躲三避四，就喊道：“长命，你这是咋哩，看这营生一大堆，你晃来晃去的，想让你干大撅死了哇。”

长命有苦说不出，低着头走到干大跟前。

待长命过来，米仓就手把手教长命拉坯。

营生忙起来，长命也顾不得多想了，他只想着把干大交给他的营生做好。

以前，看着干大干这些营生，觉着拉坯也容易，打磨也好做，上釉也不难，待自个儿上手时，他才觉着总是心手不一。

他不是拉坏了泥坯，就是磨坏坯体，再不就是上错了颜料。

长命看干大平时一说话就笑，觉着干大比他大脾气好。可待他拉坯了泥坯，干大一张嘴就骂上了：“眼睛瞎了，看不见拉成个甚了。”

待他磨坏了坯体，或是上错了颜料，米仓上手就是一巴掌，一边打一边骂：“屎糊了心了，连个反正也分不清了。”

他低着头，一边掉着眼泪，一边在心里想着：“怪不得拴牢不学烧瓷手艺，原来要受这些气。”

可看着干大把他磨坯的坯体丢在一边，也不免有些可惜。

# 第五十九章　坯体

长命想起，他们背着矸子泥，爬坡上梁，拴牢还差点儿掉到山下。

矸子泥背回来，还要碾压、沉淀，再拉坯、打磨。打磨好的坯体，上了釉，就能入窑烧瓷了，可自个儿一个不小心，这个坯体就只能扔掉了。

他偷偷把干大扔掉的坯体拾回来，用这坏了的坯体练习打磨、上釉。

经过来来回回的磨炼，再打磨、上釉时，他的手上像长着眼睛，打磨上釉的坯体不缺角、不掉边，都是规规整整的。

上了釉的坯体还要在上面画画，看着规规整整的坯体，他几次抬起手却是不敢下笔，他生怕画错了，糟害了这就要成形的坯体。

他拿着画笔在坏的坯体上左试右画，直到握着画笔的手不抖不颤，才敢在上了釉的坯体上落笔。

他和干大将画了青枝绿叶的坯体放入匣钵，装入瓷窑。

瓷窑点火的前一晚，长命回去待了一黑夜。早上，他到大水湾子里扎了两条大肥鱼，和他大早早地来到瓷窑。

像去年一样，米仓把长命提来的大肥鱼供在瓷窑口。

米仓把点着的三炷香插在装着金黄色小米的米碗里，伏身跪在地上，满粮、长命、拴牢也都跪在地上，他们一起向着瓷窑磕了三个响头。

长命头磕在地上，心里念叨着："窑神保佑，保佑俺好好地烧出瓷器。"

他盼着那一件件经了他的手拉坯、打磨、上釉的坯体，在瓷窑里烧够三天三夜后，都能变作一件件光光亮亮的瓷器。

上次瓷窑点火后，米仓三天三夜没合眼。这次，不但米仓三天三夜没合眼，长命也是三天三夜没合眼。

米仓让长命回去睡，长命不回去。米仓说："你不回去顶甚事，你也不能看窑。"

长命也知道自个儿不会看窑，可他心里惦记着装在瓷窑里的坯体，咋也合不上眼睛。

米仓想着，要是拴牢也像长命这么有耐心就好了，可拴牢看长命能帮着他干活儿，连作坊的边也不沾了。

其实，他也没咋打骂拴牢，倒是长命挨了他不少打骂。可不管是骂还是打，长命只管闷声不响，该做甚还做甚。

他叹了一口气，想着学一门手艺哪有那么容易的，哪个少挨了骂、少挨了打。

要是一点儿苦也吃不得，一点儿委屈也受不得，哪还能烧出好瓷器来。

说白了，烧瓷就是个受苦受累的营生，想学这烧瓷手艺就得耐得住苦、受得住累，还要用心琢磨。

看着长命熬得黑瘦的脸，他不由得有些心疼。

等瓷窑的温度降下来，他抖着手打开瓷窑，窑里的瓷器如他所愿，都是光光亮亮、齐齐整整的。

他和长命轻手轻脚地把瓷器搬到作坊里，盯着瓷器看了一会儿，脸上都露出笑来。

他对长命说："娃，行了，咱回窑里睡觉哇。"

回到窑洞里，他们囫囵倒在炕上。一会儿，窑洞里便响起了一高一低的鼾声。

长命睡着后，做了一个梦，他梦见画着蓝边的盘和画着红花的碗忽忽悠悠地飞出作坊。

看碗和盘飞出作坊，他着急地跑出作坊去追。他一边跑一边伸着胳膊探着越飞越高的碗和盘，却是咋也追不上、探不着。

他心急火燎地追着，想着那是俺做的盘和碗，是俺拉的坯、上的釉，俺费了多少功夫才做成的呀。它们可不能跑了。他一边跑一边喊"回来、回来"。

他一喊，一下子把自个儿喊醒了。

再看天也大亮了，他不知自个儿睡了多长时间。

看他睁开眼睛，干妈从灶前站起来说："醒来了。"

干妈揭开锅盖，从锅里舀了一碗粥，递过来说："娃，喝点儿粥。"

他接过碗，看到碗里的粥金黄金黄的。

他以往喝到的粥要不清汤寡水的，要不就是和着些野菜叶，像这么金黄金黄的、稠乎乎的粥，他还是第一次喝。

干妈说：“慢点儿喝。”

他忽地想起拴牢，就问：“拴牢呢？”

干妈说：“拴牢去你大那儿了。”

他扭头一看，干大还打着响亮的呼噜，昏天黑地地睡着。

他端起碗说：“干妈，你喝。”

干妈说：“干妈喝过了，你喝哇。”

# 第六十章　倒腾瓷器

米仓睡了两天两夜才醒过来，醒过来喝了两碗黄澄澄的谷米粥，他就琢磨着咋样倒腾瓷器。

他琢磨来琢磨去也没有找到甚轻便法，只能靠人推车往外倒腾了。

出一回窑，脱一层皮，人看着像大病了一场，一下子少精没神的。

推车往外倒腾瓷器不是个省劲儿的营生，他想着和长命好好歇两天，等身上长起力气来，再往外倒腾瓷器也不迟。

长命回去看了看，顺便扎了条大鱼。

到了瓷窑后，他把大鱼交给干妈，干妈给他和干大炖了香香的鱼肉补身子。

吃了鱼肉、喝了鱼汤，米仓和长命的身上慢慢地有了力气。

米仓把手推车前前后后、上上下上检查了好几遍，想着车上拉着瓷器，坏在半道上可不是戏耍的。

检查修整好手推车，他又将瓷器结结实实地打了捆，让长命在手推车上铺了厚厚的树叶，他再将打了捆的瓷盘、瓷碗放到厚厚的树叶上。

长命上山套回一只兔子，回来烤熟了，预备路上吃。

满粮和拴牢也来了，拴牢用衣裳包来一大包红果子，满粮送来两张兔皮，让他们带上，说路上打野盘时铺在身下，又将一把铁锹放到手推车上。

拴牢妈把米颗颗在锅里炒熟了，装进米袋子里放到车上。

第二天天一亮，米仓在前面拉车，长命在后面推车，装满瓷器的手推车嘎嘎吱吱地上了路。

拴牢妈立在窑门口，一边望着越走越远的手推车和推着手推车的米仓、长命，一边悄悄地抹着眼泪。

米仓和长命走后，满粮对拴牢说："你大和你长命哥走了，你妈一个人在瓷窑里孤孤单单的，你回去给你妈抬个水、拾个柴。"拴牢听干大这么说，也有些想妈了，就跑回了瓷窑。

在瓷窑待了两天，拴牢和他妈一起上山拾了些干树枝，又下到河里打了两水罐水。

拴牢妈对儿子说："拴牢，你长命哥跟你大走了，留下你干大一个人，种庄稼也没个帮手，你还是回去搭照你干大哇。"

拴牢看打下的柴够烧些日子，打下的水也够用些日子，就离开瓷窑去了干大那里。

拴牢走到半路上，看到一个人低着头一晃一晃地往前走着，他认出那是干大，就喊着"干大"。

满粮停下来抬起头，看是拴牢，高兴地答应着。

拴牢到了跟前，看干大背着一个水罐，就着急地说："干大，俺和你抬水。”

满粮蹲下身子，拴牢帮着干大把水罐从背上取下来。

他问拴牢：“你咋来了？你妈呢？”

拴牢说：“俺给俺妈安顿下喝的水和烧的柴火，俺妈让俺来帮干大做营生。”

他提起水罐一边的绳子，拴牢提起水罐另一边的绳子，两人提着水罐向着山梁上的地里走去。

拴牢留下来浇了两天地，满粮就打发拴牢回去看看他妈。

他觉着，米仓走了，拴牢妈一个女人家，自个儿留在瓷窑，孤单不说，万一遇着甚事也没个帮手。

在瓷窑安顿下些喝的水、烧的柴火，拴牢妈就打发拴牢回去和他干大抬水浇地。

瓷窑不忙时，米仓和长命提着水罐跑到地里，和满粮、拴牢一起浇了几天地。

米仓和长命走的这些天，他和拴牢还是不接不断地提了水罐浇着田地里的绿苗苗。

今年的水浇得及时，田地里的庄稼苗苗也出得齐整些。

望着绿油油、齐整整的庄稼苗苗，满粮的心里甜滋滋的。

他想着，今年的庄稼比去年种得多，庄稼苗苗也比去年出得齐，到了秋天，粮食也肯定要比去年打得多。

长命和拴牢都是半大小子。俗话说：“半大小子，吃死老子。”两个娃正是长身子的时候，没粮食垫底咋行哩。

去年种的地少，打的粮少，每次做饭，都是一小把米颗颗掺和一多半野菜，当下吃饱了，尿上一泡尿肚里就空了。

好在娃儿们会扎个鱼、网个兔的，野菜掺和点儿荤腥，肚子里也能积攒点儿油水。

想起出去打换瓷器的长命和米仓，他不由得叹了一口气，心里想着，不知道米仓和长命这会儿走到了哪里，多会儿才能回来。

想着跑口外路上的艰辛，他不免有些担心。

当初，为了留住王家的一棵根苗，他硬是领着长命跑到了口外。

在大水湾子扎占下来后，他就跑回去接老婆和闺女，不承想老婆和闺女饿死在了山西老家。

老婆和闺女一死，他的心就冷了。

抬埋老婆和闺女时，他真想一头扎到墓坑里，可没长成人的儿子还在口外，他咋能死哩。

他硬着腿骨上了路，可一路昏头昏脑的，像丢了魂一样。

要不是米仓一家人，他的一条命早就丢在跑口外的路上了。

长命和米仓虽说拿了些吃食，可两人推拉着装了一车瓷器的手推车，去哪儿卖瓷器也没个准地方，就这么瞎走乱撞的，万一遇到点儿甚事情，叫这一老一小的咋办哩。

# 第六十一章　一条船

满粮每天和拴牢提了水罐抬水浇地，田地里的庄稼苗苗越来越绿、越来越高。

每隔两天，他让拴牢回瓷窑一趟，给他妈抬点儿水、拾点儿柴。

两人提着水罐上了圪梁，停下来歇喘时，他和拴牢就不由得向着远处望去。

拴牢一边望着远处一边问："干大，长命哥和俺大多会儿回来？"

他把眼睛收回来，悠悠地叹口气说："快回来了。"

出去这些日子了，他不知道，米仓和长命到了哪里，手推车上的瓷器打换出去没有。

他想着，这年月，路上不太平，走不对路没准就会遇着饿狼或是土匪。

他在手推车上放了一把锹，要是碰上饿狼，手里有铁锹还能对付，要是遇着土匪，那可咋好哩。

土匪都是一伙一伙的，光凭他们父子俩，就是手里有家伙，也不是土匪的对手。

他又悠悠地叹了一口气，和拴牢提起水罐下了圪梁，向着山梁上的田地走去。

那天，他和拴牢像往常一样，提着水罐上了圪梁，像往常一样，两人站在圪梁上，向着远处望去，也像往常一样，他们只望到一片苍苍茫茫的黄土地，而那苍苍茫茫的黄土地上，还是一个活物也没有。

他叹了一口气，正打算提了水罐往圪梁下走，忽地听拴牢叫了一声："干大，你看。"

他又抬起头，向着远处望去，还是甚也没有看到。

拴牢又喊着："水里，干大，看水里是甚？"

他扭着脖子，向着水里望去。

他看到大水湾子里飘着一个东西，那东西忽忽悠悠地向着他们这里飘过来。待近了些时，他看清了，那是一条船，再细看时，他看到船上坐着四个人。

他不知道那船上是些甚人，来他们这里干甚。

他看到一个人站起来，喊着甚。

他恍惚觉着，那是长命，可长命和米仓是两个人，这咋成了四个人。再说，长命和米仓的手推车走的是旱路，这咋走成了水路？

他愣神的工夫，旁边的拴牢叫起来："干大，是长命哥。"接着拴牢就直着嗓子喊起来："长命哥、长命哥，大、大。"

他高兴地想着，真的是长命和米仓哩，长命和米仓好好地回来了。

待船越来越近，他便看清了，那船上的人确实是长命和米仓哩。

船上还有两个人，一个穿着黑衣裳，一个穿着红褂子。穿黑衣裳的是一个四十多岁的男人，穿红褂子的是一个十几岁的女娃。

米仓、长命和红褂子女娃在船里坐着，那个黑衣男人一下一下地划着船。

船在水里打了下转，慢慢地向河边的缓坡处靠过来。

他放下水罐，从圪梁上下来，跑到缓坡处。

待船离着缓坡近了时，坐在船里的米仓喊着：”哥，接住绳子。“说着，米仓从船心抛出一根绳子。

满粮赶紧探身接住绳子，拴牢和他使劲儿揪着绳子，那船慢慢地被揪到圪梁的缓坡边上。

长命第一个跳下船，接着船上的女娃迈开腿一跳，也利索地跳到缓坡上。

满粮这才看见，米仓走时推着的手推车也在船上。

他正琢磨着，咋往下弄这手推车，只见黑衣男人从船心抽出一块木板，一头搭在圪梁的缓坡边上，另一头搭在船沿上。

黑衣男人稳住船，米仓推着手推车，慢慢地从木板上走到缓坡上。

米仓站定后，满粮抓住米仓的胳膊说：“回来了，回来了就好。”

只说了这两句话，他就再也说不出一句话来。

黑衣男人上了缓坡后，把船拴在身后的树上。

米仓说："面换兄弟，快，过来，这是满粮大哥。"

等黑衣男人走过来，米仓说："哥，这是面换兄弟。多亏了面换兄弟，要不俺和长命这会儿也回不来。"

满粮望着面换，还是一个劲儿地说："回来好，回来就好。"

米仓喊着："拴牢，快回去把你妈叫过来，就说来了稀客，让她赶紧做饭。长命，你扎两条鱼，给你面换大爷和豆苗妹妹炖鱼吃。"

拴牢答应一声，便向着瓷窑跑去，长命领着豆苗去窑洞里拿扎鱼的家伙。

满粮推着手推车，米仓和面换一左一右相跟着，一边往窑里走，一边说着话。

长命扎回了鱼，拴牢也领着他妈进了窑洞。

拴牢妈往过走时，顺路揪扯了一把野菜。进了窑洞，她把胳肢窝里夹着的野菜放到地上。

满粮把米仓和面换让到炕上坐下，拴牢妈张罗着做饭。

拴牢妈看来了一个女娃，稀罕地瞅着、看着，长命说："干妈，这是豆苗。"

豆苗说："大娘，俺是豆苗，俺给择菜哇。"说着蹲下身子择开了野菜。

择好野菜，豆苗说："大娘，菜择好了。"

拴牢妈看这女娃说话干活干脆利爽，打心眼里喜见。

拴牢妈生养了三个娃，拴牢头上养过一个女娃和一个男娃。

女娃是头一个娃，就像她的心头肉一样，可女娃抽四六风死了，后来又养了一个男娃，还是没躲过四六风。

生下拴牢后，她吓得白天黑夜不敢睡觉。老天爷可怜她，她总算保住了这棵根苗。

长命把鱼拾掇干净，看干妈在锅里添了水，他就把鱼放到锅里。

灶里点着火，锅里的水滋滋地响着，一会儿便咕嘟咕嘟地冒起热气，窑洞里立马飘散开了鱼肉的香味儿。

# 第六十二章　清河镇

米仓推着手推车，长命在前面拉着手推车，跌跌撞撞地往前走着。

路上沟沟坎坎、圪圪塄塄，米仓小心地躲避着，尽量地拣平整些的地方走。

每过一道沟坎、一个圪塄，手推车上的瓷器稀里哗啦一响，他的心里就一紧。

他在心里默念着，可千万不要烂了，可他知道，这磕磕绊绊的，瓷器哪有不烂的。

走时带着野兔肉、红果子、炒米，饿了就吃点，黑夜就在野地里打野摊。

歇下后，他想着打开绳子捆看一看碗和盘烂了多少，可又叹了一口气，心里想着，就是看了又有甚用。

那天，他们走到一个集镇，一打听这个集镇叫清河镇。

米仓看着街上摆放着各色货物的铺子，就想着在这里打换些油盐酱醋和手头用具。

他把手推车放下，小心地把手推车上的绳子捆打开。

他知道，瓷器肯定有烂的，可让他难过的是，竟然烂了一多半。

看着碎作三瓣两片的碗和盘，他的眼泪差点儿掉下来。

他想起，他们爬坡上梁，把矸子泥背回作坊，在碾槽里碾来碾去，又倒进储泥池里沉来淀去。

沉淀好泥浆，再拉成泥坯，晾干了又要上釉，又要描花。

坯体放进瓷窑，他和长命三天三夜没合眼，瓷器才出了窑。

他和长命拉着瓷器，走得腿脚都肿了，才走到这个有人烟的集镇。

他们本打算打换点儿油盐酱醋和手头用具，可瓷器却烂了一多半。

他对拿着烂瓷片的长命说：“长命，丢了哇。”

长命拿着烂瓷片，哇地哭出声来。

他知道，为了这些瓷器，长命吃了好些苦，受了好些累，还挨了他好些打骂。

他也知道，长命拿了他丢掉的泥坯，一遍遍地练习着打磨，练习着上釉、描花，可瓷器烂了也是没办法的事。

他说：“不要哭了，长命，烂了就丢了哇。”

长命含着眼泪，一边吸着鼻子，一边把烂了的瓷器丢在路边的土堆上。

他把手推车上的瓷器整了整，推着手推车到了当街。

虽说是烂了一多半，可瓷器还是抢手东西，他们的手推车在当街一停，周围就围了一圈人。

瓷器脱了手，油盐调料也换了些，可他心里却还是愁，要是再烧出瓷器，再拉到这清河镇来，再烂掉一多半，那可咋好哩。

可有甚法子了，车就是这个车，路还是这么个路，不用手推车拉，不走这个路，瓷器咋能到了清河镇?

长命推着手推车，他空着手意兴阑珊地走着。阳婆热辣辣地烤着，他想寻个阴凉地歇一歇，吃上几口干粮。

往前走了一截，他觉着身上一下子凉快了。

阳婆虽是快落山了，可暑气还没有消。

再往前走了一截，他便看到了一条大河，原来这凉气就是从河上来的。

河边有一块大石头，他让长命把手推车放到河边，两人坐到石头上乘凉。

吃过干粮，他觉着身子困乏得不行，就倒身睡在石头上。

长命看干大在石头上睡着了，他也有些困乏，也想着睡一会儿，可怕别人把放在河边的手推车推走就没敢睡。

天眼看着黑了，他坐在石头上直打瞌睡，便站起身来，顺着河边来来回回地走着。

走着走着，他忽地听到一阵哭声。他吓了一跳，停下脚步，竖起耳朵听了一气。

哭声是从河边传来的。再看时，他看到河边停着一条船，这哭声就是从船里飘出来的。仔细听了下，他听到一个女娃的哭声。

他想过去看看，可又有些害怕。他快步回到干大睡着的地方，推了推睡着的干大。

# 第六十三章　中药铺

米仓睡得正香，迷迷瞪瞪地睁开眼。他想着的是，眯一会儿就醒来，没承想自个儿睡死了。

长命见他醒来，就说："干大，前面有人哭哩。"

他竖起耳朵听了一气，果然听到了细细的哭声。

他从石头上爬起来，慢慢地向着有哭声的方向走过去。

走了一截，他看到河边停着一条船。

他又细听了一下，便向着停在河边的船走过去。

到了船跟前，他轻声问："有人吗？"

里面的哭声停下来，好一会儿，船上没了动静。

他正想走开，船上传来低低的说话声，借着月光，他看到一个十几岁的女娃的脸。

那女娃脸上挂着泪珠，一边吸着鼻子一边小声说："俺大病了。"

他问女娃："病得厉害不？"

他一问，女娃哭得更伤心了。

再细看时，他看到船上躺着一个男人。

他迈步上船，伸手摸了摸男人的头。

男人的脑门火烫火烫的，闭着眼睛，一个劲儿地喘着气。

他打了个定醒，看了看女娃，又看了看躺在船上的男人。

他拉着手推车在集镇的街上走着时，看到过街边有一家中药铺。

他对女娃说："俺那边有个手推车，俺用手推车把你大拉到大夫那儿看看，你看成不成？"

女娃拖着哭音说："成哩。"

他打算回头喊长命时，看长命已向着手推车的方向走去了。

他伏下身子把男人扶起来，将男人的一条胳膊搭在自个儿肩上。

女娃在后面扶着男人的腿，他慢慢地立起身子，小心地从船上跨到岸上。

他背着男人上岸后，长命已把手推车推到了近前。

他走到手推车旁边，慢慢地把男人放到手推车上。

长命拉着手推车，他在后面推着，他们走到了集镇的街上。

在街上走了一会儿后，他们在那一间中药铺前停下来。

药铺已关上门窗，长命拍了一气门敲了一气窗，大夫从睡梦中醒来，让人开了门。

他们把男人扶进了中药铺，大夫给男人把了脉，灌了些红黄的药面面。

他把卖瓷器的钱给了大夫，将男人背到手推车上，推着手推车回到船跟前，把男人抱到船上。

早上，米仓到船上看时，男人身上的烧已退下去了。

他想着和长命回去，可看着男人还躺在船舱里，想着他们走了，万一男人有甚事，丢下女娃一个人可咋好。

他又去中药铺问询了下，大夫又给开出些草药。

他拿着草药回到船上，让女娃煎了给男人喝下去。

到了晚不晌的时候，他把炒米送到船上，女娃在船上熬了稀粥给男人喝了些米汤。

男人喝了些米汤，慢慢地睁开眼。

瓷器出了手，米仓就想着早点儿回去，可看着船里守着病人的女娃，他又有些不放心。

他想着，帮人帮到底，再等上一天哇，等病人好了，他们再走也不迟。

又等了一天，男人慢慢地好起来，不用人扶着能坐起来喝米粥了。

兴许是女娃和男人说了米仓带他去看病抓药的事，米仓和长命再过去时，男人虽没说话，却是一直盯着他俩。

米仓说，他明个儿就准备上路，男人问他家在哪里，他大致说了下大水湾子的方位。

第二天天一亮，米仓想着到船上看看再走。等他到了船上，看到男人精精神神地在船舱里坐着。

男人说："俺知道你说的那个地方，走土路费事，俺划船送你去哇。"

米仓从来没想过，回大水湾子还能走水路。

可他想着，男人的病刚好，这么远的路，让男人划船送，又怕男人累出个好歹。

男人看出他的意思，就说："水上的路省劲儿些，再说，俺的病也好了。"

米仓也不再推脱，和长命把手推车放到船上，他们坐在船上，男人划着船，船载着他们在水里悠悠地飘起来。

# 第六十四章　唱小曲

水里风大浪急时，男人一心一意地划着船，不敢有一点儿马虎。风小浪平时，男人一边划船一边和米仓唠会儿话。

男人叫刘面换，女娃叫豆苗，老家是山西保德曲水村。

面换和老婆年轻时嗓子好，都爱唱两句。

年景好的那些年，在地里劳动歇下的工夫，一伙人围成一圈，他们两口子打地摊给大伙唱上一段。闺女每天跟着他们跑前跑后，也学成了一个唱家。

家乡遭了年谨，老婆饿得活不出去，吃了些苦杏仁压饥，结果中毒死了。

看家乡荒旱得活不成人，他就领着闺女逃荒到了口外的清河镇。

刚到清河镇，吃没吃处住没住处，他领着闺女挨门挨户给买卖人家唱小曲，黑夜就睡在人家的房檐底下。

原来在村里打地摊唱曲，唱好唱坏大伙只图一个乐子。来清河镇靠唱曲吃饭，这饭却没有那么好吃。碰着好人给一碗饭吃，碰着灰人[1]，不给不说还放狗出来咬。

一天，父女俩正走到河边，老天爷忽地刮起了大风。

父女俩想寻一个避风的地方，正好看到一个老汉在河边吃力地扯着一条船。

那船看着就要被风刮跑了，父女俩赶紧跑上去，帮着老汉把船拴在大树上。

叨唠起来，老汉姓郭，也是从山西过来的，两个村子还离着不远。有了老乡这一层，他们就亲热了些。

老汉年岁大了，干活儿时腿脚有些吃力，就邀他们父女一起来船上做活儿。这样，老汉有了帮手，他们父女俩也有一个遮风避雨的地方。

一次出船，老天爷变了脸，一个浪头打来，撑着船的老汉被打下船头，面换赶紧稳住船，把船桨递给老汉，下死力把老汉拉上船。

连惊带吓，又被冷水一激，老汉就病倒了。

他寻大夫给老汉看病，可没几天老汉就下世了。老汉临死时，将渡船送给了他。

老汉死后，他本打算靠着渡船把父女俩的日子打发过去，可没想到，划船出了一身透汗，又遭了一场风寒，一下子就病倒了。

一路上，米仓和面换说了大水湾子的鱼、大水湾子的果、大水湾子瓷窑烧出的瓷器和大水湾子地里种出的庄稼，让他们父女俩也到大水湾子过活。

---

[1]灰人：方言，品行不好的人。

要是没病之前，面换兴许不会生出去大水湾子的打算，可病了一场，他不免有些心动。

他想着，他们父女俩相依为命，保不定哪天自个儿再病了，闺女能靠哪一个。

这次，碰着米仓，热心地拉了他去看病，可下一次能不能碰着像米仓这样的热心人，就保不齐了。

真要是到了那一天，闺女真的是叫天天不应，叫地地不灵了。

他死了不要紧，留下闺女可咋好哩。

一想到，把闺女一个人抛在船上，他就一阵害怕。

听米仓说这大水湾子又是个好地方，他便想着去看一看，要是合心的话，他和闺女就留在大水湾子，以后也有个照应；要是不合心，顺水推船，再回清河镇也不费事。

到了大水湾子，面换和豆苗被迎进了窑洞里。

面换走进窑洞，看着窑洞里的暖炕、锅台，想起自个儿飘来荡去，连个立脚的踏实地儿也没有，不免有些伤心。

米仓将他让到炕上，一个头脸干净的妇人在灶前一边忙着做饭，一边和闺女豆苗轻声说着话。

妇人和闺女豆苗像母女俩一样亲亲热热的，这使他想到了死去的老婆。

唉，要是老婆活着就好了。闺女和他两个，终究过于孤单了。再说，闺女一天天地大了，女人家的一些话也不好跟他说，他也不好去问。

他虽还没去米仓的瓷窑，可他觉着，这两家人在这个地方都过得挺舒心的。

当满粮也留他在这里扎占下时，他一时有些动心。

满粮说："住的地方不愁，这里掏窑洞便宜。吃的也缺不下，再多开些田地就行了。"

# 第六十五章　砌锅台

满粮和长命刚来大水湾子那会儿，父子俩饿着肚子，咬啃了两颗红果子，腿骨稍有了些力气，勉勉强强掏出一个窑洞。

给面换掏窑洞时，肚里有食，人也全乎，窑洞也掏得齐齐整整。

以往砌火炕用的是泥坯，脱泥坯费事，脱好的泥坯还得晾干晒硬才能盘火炕、砌锅台。

后来米仓看石片垒砌的瓷窑圆咕隆咚的，就想着，这石片用来盘火炕、砌锅台也差不了。

满粮用石片垒过窗台，知道哪里有石片。

米仓和泥，满粮领着面换、长命、拴牢到山上往回搬石片。

看豆苗也要跟着去，拴牢妈一把拉住豆苗说：“好闺女，让他们去哇。”

拴牢妈心疼豆苗，不让豆苗干重活。

豆苗自小没了妈，她知道拴牢妈待她好，怕她搬石片累乏了。

看拴牢妈张罗着做饭，她就对拴牢妈说："大娘，俺跟你做饭哇。"

拴牢妈望着豆苗花朵一样嫩的脸，笑着说："好哩，好哩，咱娘俩做饭。"

米仓忙得腰顾不得展、汗顾不得擦，晌午匆匆吃了一口饭就又忙开了。

到晚不晌时，火炕也垒好了，锅台和烟囱也砌好了。

面换看着掏好的齐齐整整的窑洞、窑洞里垒好的火炕、砌好的锅台，觉着这脚踏实地的日子，比整天在水上漂着安稳多了。

他把船上烧饭的铁锅安放到灶坑里，米仓抓了一把泥，沿着铁锅抹了一圈，将铁锅周围的缝隙都抹死了。

满粮领着长命和拴牢，从山梁上抱回一捆捆的干树叶和干树枝。

拴牢妈把锅洗净，在锅里添了些水，蹲在灶坑前，把干树叶点着放到灶坑里，又在点着的干树叶上放了些干树枝。

豆苗蹲在拴牢妈身后，把折断的干树枝递到拴牢妈手边。拴牢妈一边擩着树叶，一边和豆苗说着话。

拴牢妈问："你和你大在船上，你做饭还是你大做饭？"

豆苗说："俺做了，俺大忙得顾不上。"

拴牢妈想着，穷人的娃儿早当家。豆苗从小没了妈，跟着他大常年在水上漂着，定是吃了不少苦。

豆苗来了大水湾子，看见拴牢妈在做饭，就凑到跟前，不是帮着烧火，就是帮着洗菜，一看就是做营生做出来、手脚闲不下来的娃。

拴牢妈心里想着，娃嫩芽芽的就这么懂事，这都是没妈逼的呀。

拴牢妈说：“闺女，以后不要叫大娘了，就叫干妈哇。”

豆苗抬眼看着拴牢妈笑盈盈的一张脸，一时想起了自个儿的亲妈，含着两眼泪，颤声叫着“妈”。

拴牢妈听豆苗叫她妈，心头一热，眼睛一酸，一把将豆苗搂过来颤声叫道：“俺可怜的娃。”

看长命总在瓷窑待着，面换以为长命是米仓的儿子，拴牢是满粮的儿子，可听长命喊米仓干大，拴牢又喊满粮干大，他才明白，原来整天待在瓷窑、和米仓干着泥水营生的长命是满粮的儿子，而整天跟着满粮跑前跑后的拴牢却是米仓的儿子。

他看米仓和满粮虽说是两家人，可像一家人一样热乎。地里忙时，米仓一家子就到地里忙。忙完了地里的活儿，满粮就到瓷窑去帮忙。

面换对满粮说：“大哥，有甚营生招呼俺一声。”

满粮说：“行了，兄弟。前一阵子你病了一场，你先好好养身子，等养好了身子，你可有大用场哩。”

面换笑着说：“老哥，你说笑了，俺能有甚大用场哩？”

满粮说：“兄弟，可不是说笑。你不知道，米仓拉着瓷器出去打换东西，路不好走，赶到了地儿，一车瓷器烂了一多半。唉，那一件件瓷器可是米仓和长命用心血换来的呀，为了这烂了的瓷器，长命哭了好几回。

米仓和俺商量，等再烧出瓷器来，想借兄弟的船走一趟，等打换回东西，再看咋酬劳你。”

面换说：“大哥，看你说的，要不是米仓和长命，俺这条命早就丢在水里了。来了大水湾子，你和米仓兄弟又是给俺掏窑洞，又是给俺送吃的，俺给运个瓷器算甚哩。”

# 第六十六章　扳船汉

面换本想着送米仓一程，省去米仓和长命走路的辛苦，也算是报答米仓和长命的救命之恩。

一路上，米仓和他说起大水湾子的鱼，还有山上的瓷窑和地里的庄稼，他一时有些心动，可还是下不了决心。

等到了满粮的窑洞里，看着窑洞里的火炕、锅台，看着米仓和满粮两家人互帮互助地过日子，想着闺女跟着他在水上漂来漂去，连个说体己话的人也没有，一时觉着以前的日子恓惶得不行。

想着离开热热乎乎的两家人，再到水上漂着，他竟有些害怕。

他领着闺女刚到清河镇，在镇上卖唱时，那些个有钱人将他们父女俩呦来喝去的，哪有个好脸。

后来，碰着扳船老汉，他们父女俩总算有了个安身之处，可扳船老汉却又被大水收走了。

说到底，这水上的饭不是那么好吃的。扳船汉吃的是人饭，发的是牛力，走的是鬼路。

一汪子大水看上去平平展展的，可保不定哪里藏着暗石头，一个不小心撞上去，人和船都得让水皮子卷进去，一时三刻就包了饺子。

他好歹活了半辈子，苦也尝够了，罪也受够了，可闺女嫩芽芽的还没嫁人哩，不能整天提心吊胆地过日子。

再说，闺女眼看着一天天地大了，不能总在船上漂着，他总得给闺女寻个合适的人家，让闺女有个落脚的地方。

在满粮的窑洞里待了两天，他越觉着这脚踏实地的日子实在强过在船上漂着。

有了这些想法，米仓和满粮张罗着给他掏窑洞时，他也没有推辞，和满粮、长命、拴牢一起搬起了石片。

米仓和满粮都是热心人，住在这里相互照应着，他和闺女也不会受制。

有时，看着朴朴实实的两个男娃，他想着，闺女将来嫁这两个男娃中的哪一个也不会差。

看长命做营生踏踏实实的，他更看中长命，可闺女和拴牢妈亲，以后嫁了拴牢的话，闺女有了拴牢妈这个婆婆照应，他就更放心些。

抬头看一眼拴牢和长命，他不由得笑了。他的闺女还没到嫁人的时候，两个娃也没到娶亲的年龄，他盘算这些事有甚用哩。

从清河镇回来后，长命回家和他大住了一黑夜就又去了瓷窑。

长命觉着自个儿在瓷窑待惯了，离开瓷窑总有些心神不宁。

米仓看长命这么快就来了瓷窑，有些吃惊却又有些高兴。

长命和他一起出了趟门，他觉着自己更离不开长命了。

长命虽不是他的儿子，可和拴牢比起来，他觉着，长命更像是他的亲儿子。

尤其是看着长命舞弄瓷器时，那一股子不怕苦、不怕累的劲头，他就喜见得不行。

尽管心里还对拴牢抱有一丝希望，可他不得不承认，长命是个天生的匠人。

他想着，拴牢这个不成器的东西，要是有长命一半用心，他也不会任由拴牢把烧瓷手艺丢在一边。

可管得了人管不了心，他就算把拴牢摁在泥坯上，拴牢的心不在这里，他又能有甚法子哩。

罢、罢、罢，他想着，只要瓷窑手艺不断在他的手里，让他把这瓷窑手艺传下去，他就对得起列祖列宗了。

他和满粮说，他想收长命当徒弟，满粮叹了一口气没作声。

满粮不知道咋接米仓的话，米仓收长命当徒弟，拴牢咋办？拴牢可是米仓的亲儿子。

满粮和拴牢说：“拴牢，你大要收长命当徒弟。”

拴牢笑着说：“真的吗？俺大真的要收长命哥当徒弟？”

满粮说：“咋不是真的，你还是回去和你大学烧瓷哇，跟着干大有甚出息了。”

拴牢说：“俺大知道俺不想学烧瓷，才让长命哥跟着他学哩。”

满粮生气地说：“你这个娃咋分不出个好赖，你大让你学烧瓷还不是为你好？你看你大烧出的瓷，又能换吃的又能换穿的，再给你换个袭人的媳妇不好吗？你跟着俺干甚哩？三年学个买卖人，一辈子学不会个庄户人。种地就是死受，你跟着俺能学甚哩？”

拴牢说：“俺反正不想学烧瓷。”一边说着一边抱住满粮的胳膊说，“干大，俺想和你在一起嘛，你让俺干甚俺就干甚。”

满粮被拴牢缠得心也软了，就说：“唉，随你折腾哇，俺也管不了你了。”

他想着，拴牢本来是烧瓷的命，可他非要种地，长命本来是种地的命，却偏偏烧了瓷。

他觉着对不住米仓，可他没法子不让长命学烧瓷，也没法子劝说拴牢去学烧瓷。

他琢磨着，米仓的烧瓷手艺是祖祖辈辈传下来的，要是传给长命，那不就改了姓了。唉，要是米仓当真收长命做徒弟，索性就让长命改姓米仓的姓，好给米仓顶门立户。

拴牢想跟着他，那他就认拴牢这个儿子。他虽是没甚手艺，可也能教拴牢当个好庄户把式。

# 第六十七章　拜师

当米仓再和满粮说要收长命当徒弟时，满粮就和米仓说起了让长命和拴牢改姓的打算。米仓愣了一下神，叹口气说："哥，唉，你就不怕俺委屈了长命？"

满粮说："他委屈甚哩，俺是怕委屈了拴牢，俺也劝了拴牢，可，唉……"

米仓听满粮提起拴牢，又叹了一口气说："哥，俺知道，一家人不说两家话，拴牢是俺的儿也是你的儿。"

满粮说："烧瓷手艺祖祖辈辈传下来不易，让长命好好学哇，千万不要把手艺丢了。"

举行拜师仪式时，满粮和面换领着拴牢去了瓷窑。

去之前，满粮和拴牢到河里扎了两条大鱼。

米仓坐在瓷窑前石片垒起的台子上，长命跪在地上，给师傅行了大礼，敬了茶水。

米仓喝了一口茶，长命起身接过茶碗。

米仓高声念诵着祖祖辈辈流传下来的烧瓷祖训，长命一字一顿地跟着念诵。

凡吾弟子
必须坚持
热爱陶瓷
敬业创新
艺无止境
持续发展
不骄不躁
待人诚信
德艺双修
代代相传

米仓站起身，走到长命跟前，抓住长命的手。长命从地上起来，叫了声师傅，米仓答应一声，师徒两个再说不出一句话来。

满粮看着跪在地上的长命，心里有一些不得劲儿，就扭头走开了。

他本不想让长命学烧瓷手艺。他知道，长命不学烧瓷手艺是他的儿，长命学了烧瓷手艺他就再不能认长命这个儿了。

他知道，他不让长命学烧瓷手艺，长命也反不了天，可拴牢不学烧瓷手艺，他再不让长命学，那米仓祖祖辈辈传下来的烧瓷手艺可就丢了。

米仓救了他的命，他拉米仓来了大水湾子，米仓在大水湾子寻着了研子泥，也寻着了瓷窑，不让长命给米仓帮忙，那不是逼着米仓走嘛。

道理虽是这么个道理，只是他的心里还是转不过弯来。

他领着长命从口里跑出来，还不是为了留下儿子这棵根苗，这会儿儿子姓了别人的姓，他的心里咋能好受哩。

可他又想着，他不好受，米仓就好受吗？米仓就不想让儿子好好地学烧瓷，好好地把烧瓷手艺一代代地传下去吗？

米仓救过他的命，他不帮米仓谁帮米仓？可一想到长命成了别人的儿子，他的心里就不是滋味。

看长命跪在地上背诵烧瓷祖训时，他便悄悄地走开了。

过了两天，满粮和面换领着拴牢帮米仓、长命背了几趟矸子泥。

他们几个背矸子泥时，豆苗留下来和拴牢妈一起做饭。

吃饭时，满粮和面换被让到炕里边，米仓坐在旁边陪着，长命和拴牢趴在炕沿上。

他们一边吃着一边说着话。米仓忽然说："面换兄弟是个好唱家，可来了这些天，俺们还没听过你张嘴唱哩，唱上一段哇。"

面换说："唉，就会几个讨吃调调，让娃儿们笑话呀。"

满粮说："不是一家人不进一家门，咱坐在一盘炕上就是一家人，谁笑话谁哩。"

面换清了清嗓子说："这些日子不唱了，不知这嗓子中用不中用，咱唱一个扳船汉的调哇。"

说着，面换一撩嗓子就唱开了。

大红裤带五分宽，

今年想起个跑大船。

打鱼划划钓鱼钩，
灰天年逼下个跑河路。

未从开船要操心，
拿起杆子蹬几蹬。

上水船，不用橇，
拿起杆子船舶沿上跑。

石嘴山东，绣花塘，
上水拉船舶好天长。

四七月份河路上了天，
九十月流凌受可怜。

山尖子浪真难破，
风顶浪大心难过。

站在船头上往前瞭，
哥哥难活谁知道？

怀抱上扎杆河塄上睡，
挣不下银钱活受罪。

拿起叉套抖开绳，
也不知道临走时说下些甚。

左一只划划右一只船，
为了亲亲跑大船。

面换唱完，喝了一口水，冲站在地上的豆苗说：“闺女，给你干大、干妈唱两句。”

豆苗抿嘴笑了一下，答应着“唉，大”，也一撩嗓子就唱开了。

青石片片栽葱扎不下根，
十七上跑口外到如今。

人人都说跑口外能吃饱，
跑口外跑得哥哥心惨了。

青石白石马牙石，
酸菜苦辣压菜石。

东三天西三天无处安身，
饥一顿饱一顿饮食不匀。

千红豆豆撒粗糠，
万般无奈逼在这路上。

面换和豆苗唱的虽都是苦情的调，面换的苦听着还是苦，豆苗的苦调却是脆声声、甜盈盈的。

豆苗的歌唱完了，一家人只管瓷在那里不吃饭也不说话。

过了一会儿，拴牢妈说："哎呀，闺女，你唱得咋这么好听呀，听得叫人心里软溜溜的。"说着抬起胳膊抹开了泪。

长命和拴牢也直直盯着豆苗，豆苗不好意思地低下了头。

吃过饭后，拴牢妈想留豆苗住几天，又怕面换不放心。

她又瞅着拴牢，想着让拴牢住几天，可长命给米仓当了徒弟，她再把拴牢留下，又觉着对不住满粮。

她拉着豆苗的手，嘱咐说："哪天闷了，让你拴牢哥领着你过来寻干妈。"

豆苗说："干妈，过两天，俺和拴牢哥就来看你。"

长命和米仓学了烧瓷，拴牢妈虽也高兴，可她心里却是为儿子拴牢难过。听米仓说，长命改姓了米仓的姓，拴牢改姓了满粮的姓，她偷偷地哭了一场。

她想着，要是家里没有烧瓷这一档子事儿，儿子拴牢还是自个儿的亲儿子。可守着这祖传的烧瓷手艺，儿子拴牢不喜见烧瓷，米仓就不认拴牢这个儿子了。

瞅着舞弄泥坯的长命，拴牢妈想着，要是拴牢也像长命一样，喜见舞弄个泥坯，何苦弄得老子不像老子，儿子不像儿子。

她也苦口婆心地劝过拴牢，可儿大不由妈，妈生了儿子的人、没生儿子的心。

满粮和面换在前面走着，两人一边走一边说着话，面换回头看时，却看不见拴牢和豆苗的人影。

面换停下脚喊着"豆苗、豆苗"。

满粮听面换在喊豆苗，也赶忙回头去看，也没看见两个娃的人影。

满粮急着喊起来“拴牢、拴牢”。

“唉”拴牢答应一声从山坡上的树丛里跑出来，接着豆苗也跑了出来。

满粮看拴牢跑到近前，张嘴就数说开了：“不好好走路，疯张甚了，上山下坡的，你领着豆苗妹妹往哪儿跑了？”

他想着，要是长命的话，他早一个脖拐打过去了。虽说拴牢姓了自个儿的姓，成了自个儿的儿子，他心里火冒冒的，可也伸不出手。

见豆苗到了跟前，面换也数说着闺女：“闺女家，不能稳当些，哪儿也能跑。”

拴牢看面换数说豆苗，就着急地帮腔：“不怪豆苗妹妹，是俺领着她上山摘山丹丹花去了。”

满粮又忍不住说：“看你能的，你还能干甚哩。”

他想说，你大让你学烧瓷，你连个烧瓷都学不会，还能个甚哩。可话到嘴边，却是没有说出来。可他的话还没出口，拴牢好像觉着了，脸一下子红了，胸脯也一起一伏的。

他有些后悔，心里想着，娃不对，他也不能用这个话来伤娃。

拴牢虽是看着没心没肺的，可哪个人没个脸面，他以后再不说烧瓷这个话了。

面换看自己数说豆苗，拴牢替豆苗说话，心里想着，拴牢这娃倒是挺讲义气的；可把祖传的烧瓷手艺丢在一边，逼得他大收别人当徒弟，这娃还是有些不靠谱。

# 第六十八章　顶门立户

长命拜师学艺前一天回了趟家，是满粮让拴牢捎的话。

长命从瓷窑回了家，拴牢却没有走，留在了瓷窑。

吃过饭，长命和父亲坐在炕上。父亲吧嗒吧嗒抽着烟，他闷头想着心事。

他知道，父亲叫他回来肯定有甚要紧事情，可想来想去，他还是猜不出。

他想着，难不成是妈和妹妹有了信儿，父亲要他回去接妈和妹妹吗？

一想到能接来妈和妹妹，他的心就怦怦乱跳。

可父亲说出的话，却让他大吃一惊。

父亲说，他要是学烧瓷手艺就得改姓米仓干大的姓，还要他当米仓干大的儿子。

他心里想着，米仓干大不是有亲儿子拴牢吗？

父亲好像看出他的心思，就说：“你姓你米仓干大的姓，跟着你米仓干大学烧瓷手艺。拴牢不愿意学烧瓷手艺，就让拴牢姓俺的姓，让拴牢跟着俺做种地的营生。”

他一时不知咋样接父亲的话，他想着，自个儿就是学个烧瓷手艺，咋弄出这么些事情来。

他听父亲絮絮叨叨地说着，说的还是原来的那一套。

“你米仓干大的烧瓷手艺是祖祖辈辈传下来的，几世几代都没传过两姓外人。你米仓干大本来想着把烧瓷手艺传给拴牢，可拴牢打死也不学这烧瓷手艺，米仓干大看你爱见烧瓷手艺，就想着把这烧瓷手艺教给你。可你想想，你米仓干大要是把这烧瓷手艺传给你，那这烧瓷手艺就传给了两姓外人，他的心里咋能不难过哩。要是拴牢愿意学烧瓷手艺，打死俺也不让你学。可拴牢不愿意学烧瓷手艺，你愿意学烧瓷手艺，正好你俩调个过儿。你学了烧瓷手艺，姓了你米仓干大的姓，以后你就给你米仓干大顶门立户。俺看拴牢妈也喜见你，你过去也有人疼惜。俺也不想瞒着你了，你妈和你妹妹都饿死在口里了。”

长命刚才还想着，父亲叫他回来保不准是让他回去接妈和妹妹，可这会儿父亲却说妈和妹妹都饿死在口里了。

他冲父亲喊着：“俺不信，俺要去接妈和妹妹。”

说着，他就要跳下炕。

父亲一把揪住他，叹了一口气说：“长命，大没骗你，你妈和妹妹确实饿死在口里了。”

长命扑倒在炕上，哇地哭起来，一边哭一边喊着：“俺恨你，你为甚不早点儿去接俺妈和妹妹，你要是早点儿去接俺妈和妹妹，俺妈和妹妹能死吗？”

哭了一气，长命睡下了，睡着睡着，他就做开了梦，他梦见妈和妹妹来了大水湾子，醒来又抽抽搭搭地哭了一气。

天还没有亮，长命就从炕上爬起来。满粮以为长命出去撒尿，可长命出了窑门便再没有回来。

要不是父亲告诉他，他妈和妹妹饿死在口里，他保不准不会答应做米仓干大的儿子，可一听父亲说妈和妹妹饿死在口里，他就再不想和父亲在窑洞里待着了。

以前，父亲骗他说妈病了时，他就隐约猜到妈和妹妹没了，可他还是不愿意相信，他只是怨父亲没有早点儿把妈和妹妹接来。待听到父亲说妈和妹妹饿死在口里时，他不由得恨起父亲来了。

他想着，要是父亲早一些去把妈和妹妹接来，妈和妹妹咋能饿死在口里。

他一直盼着父亲能把妈和妹妹接来，可父亲一直不提这个话茬儿，他就再不敢提也不敢问了。

父亲让拴牢捎话叫他回来时，他想着，父亲没甚大事从来不捎话让他回来。他想，除了接妈和妹妹是大事外，还能有甚大事哩。

可父亲告诉他的，却是妈和妹妹饿死在口里了。妈和妹妹既是死了，父亲为甚还要告诉他哩？要是父亲不告诉他，那他还有个念想，他还会觉着妈和妹妹没有死。

可父亲非要告诉他妈和妹妹死了，父亲告诉他妈和妹妹死了，那他还咋能想着妈和妹妹活着。

待在这个窑洞里，也再盼不到妈和妹妹了，那他还有甚待头了。

# 第六十九章　走水路

到了瓷窑，长命只想着把泥坯拉好、磨好，再上好釉、挂好彩。

待泥坯出了窑变成光不溜丢的瓷器，他就心满意足了。

他会在梦里告诉妈和妹妹：“这都是俺做的瓷器，你们快来看看哇。”

父亲想让他姓米仓干大的姓，他就姓米仓干大的姓。父亲想让他做米仓干大的儿子，他就做米仓干大的儿子。

他觉着，父亲老早就不喜见自个儿了，老早就喜见拴牢了，是父亲想让拴牢做自个儿的儿子，才想出让他和拴牢调个过儿的主意。

他想起，他和父亲在窑洞里一起住着时，他们父子两个总是不作声，父亲抽他的烟，他想他的事。

拴牢来了后，“干大，干大”地叫着，父亲脸上的笑纹一下子多了，拴牢倒像父亲的亲儿子，他倒像是个两旁外人。

父亲说让他做米仓干大的儿子，姓米仓干大的姓时，他怪自个儿当时没答应，他应该当时就告诉父亲："俺愿意，俺愿意给米仓干大做儿子，也愿意姓米仓干大的姓。你不是喜见拴牢嘛，俺以后再也不回这窑洞了，你也再见不到俺这个儿子了。就让拴牢给你当儿子，让拴牢姓你的姓哇。"

他想着，要是父亲把妈和妹妹接来，就是撵他走，他也会守着窑洞。哪怕成天地吃糠咽菜，只要有妈和妹妹，他就不会离开窑洞。

这会儿，妈和妹妹都不在了，父亲也不喜见自个儿，他还待在窑洞里干甚哩。

天没亮，他就从炕上爬起来。出了窑洞，他就向着瓷窑的方向走去。

走到半路，他碰着迎面过来的拴牢。两个人打了个照面，拴牢叫了声"长命哥"。

他看了拴牢一眼，没理拴牢，飞快地向着瓷窑跑去。

上次的一窑瓷器，拉运出去损失了大半。米仓想着，再烧出瓷器，就把瓷器装船走水路。

走水路离不了面换。米仓和面换商量着让面换撑了船拉运瓷器。

面换说："满粮大哥和俺说过哩，俺过来也没个干向，俺就等你的瓷器出窑哩。"

水路不像旱路颠簸得厉害，省劲儿不说，瓷器也少些损失，可水路省劲儿却是不省心。

运气好遇上老天爷照应，一路风平浪静，能就平平稳稳地走一趟；遇上老天爷翻脸，水里起风翻浪，立马就会船毁人亡。

这几天，一大早起来，面换就上了船，他想着把近处的水路蹚蹚。

从清河镇回来时，空船载着几个人，船吃水浅咋样走都不打紧。拉了瓷器就不一样了，船上有了瓷器，船身吃水深，这船就不好把控了。

他撑着空船来回走了几趟，发觉这河下有不少暗石头。石头淹在水里看不见，要是载着瓷器的船不小心撞上去，那船上的人和瓷器就不保了。

他一边划着船一边记着河里暗石头的位置，来来回回，直到把这河里的暗石头全记下了，他才松了一口气。

船不大，拉的瓷器也不多，船上有两三个人就能对付。要是用大船拉货的话，咋也得有五六个扛硬的人，船才敢下水哩。

满粮和米仓把捆扎好的瓷器在船上放好，就从船上跳下来。

豆苗想着不久前掉进大水里的扳船爷爷，不免有些担心，她拉着哭音喊了一声“大”。

拴牢妈拉着豆苗的手说：“闺女，不要怕。”一边说一边不由得也抹起了眼泪。

满粮站在岸边，看着水里的船和船上的三个人，却不知该说甚。

船慢慢漂开来，他们眼看着水里的船越飘越远，船上的人也越来越小，直到看不见船和人的影子。

满粮叹口气说：“回哇。”

拴牢妈拉着豆苗说：“闺女，回哇，你大他们过几天就回来了。”

# 第七十章　山丹丹花

船载着瓷器和三个人走后，满粮总不由得担心。

黑夜睡不着，他就回想起那些个陈芝麻烂谷子的事儿。

他回想起自个儿为了保住王家的一棵根苗，领着儿子跑口外的情景。

到了口外，他本想着等儿子长大成人，给儿子娶亲成家。有了儿子，再有了孙子，他王家的这条根脉就会越来越旺。

谁会想到哩，他回去接老婆和闺女，老婆闺女没接着，自个儿也差点儿死在半道上。

米仓救了他的命，他把会烧瓷手艺的米仓拉引到大水湾子。

谁又会想到，米仓会烧瓷手艺，可米仓的儿子偏偏不学烧瓷手艺；他会种地，可他的儿子偏偏喜见烧瓷手艺。

他和长命说，让长命改姓米仓的姓，和米仓学烧瓷手艺。可说这些话时，他不该把老婆和闺女死了的事搅和在一起说。

唉，他也不知道咋回事，说着说着就说到了死去的老婆和闺女。

他觉着，长命妈虽是死了，可米仓两口子喜见长命，长命也顶如又有了妈疼爱。

他没有想到，长命听到他妈和妹妹死去的话，一下子就恼了。

长命怪他没早点儿回去接他妈和妹妹，他也怪自个儿，可他又能咋办哩。

长命在家睡了一黑夜，没和他招呼一声，第二天一大早爬起来就走了。

他知道，长命恨他。

他想着，这样也好，这样长命就能一心一意地跟着米仓学烧瓷手艺了。

过了两天，满粮对拴牢说："你大和长命走了，你回去看看你妈。"

拴牢提着一条鱼到瓷窑时，拴牢妈正劝着豆苗，让豆苗不要难过。

面换撑船走后，拴牢妈就拉着豆苗上了瓷窑。

拴牢妈把鱼接过来，看着儿子不免有些伤心。

看拴牢凑在豆苗跟前说话，就对拴牢说："拴牢，你陪豆苗说说话、解解闷，俺给咱做饭。"

豆苗看干妈张罗着做饭，赶紧丢下拴牢过来帮忙。

拴牢妈笑着说："咱就三个人，不费事。你和你拴牢哥说说话，饭一会儿就做好了。"

拴牢叫着"豆苗，豆苗"。

豆苗走到拴牢跟前说："干甚了？"

拴牢说："豆苗，俺领你上山去摘山花花哇。"

豆苗回头看了看干妈，没作声。

拴牢说："不用怕，咱不往远走。"

拴牢在前面走，豆苗在后面跟着，他们到了近处的一面山坡上。

山坡上有红的粉的小朵的花，拴牢摘了一朵红花递到豆花面前说："豆苗，猜猜这是甚花？"

豆苗用两根细白的手指捏着花柄，看了看花，又抬头看着拴牢。

拴牢说："这是山丹丹花。"

豆苗看着那一朵红艳艳的花，笑着说："真好看。"

拴牢说："俺给你戴上哇。"

豆苗脸红了一下，没作声。

拴牢从豆苗手里拿过花，小心地戴到豆苗的鬓角，豆苗羞答答地低下了头。

拴牢说："豆苗，抬起头来。"

拴牢一边看着豆苗一边笑着说："豆苗，你真像新媳妇。"

豆苗两手捂着脸，责怪地说："拴牢，你瞎说甚了。"

拴牢笑着说："豆苗，俺是看你戴上花好看。"

豆苗责怪地说："你再要笑俺，俺就去告诉干妈。"

拴牢一听要告诉妈，赶紧说："豆苗，俺说的是真心话，你不知道你戴上花有多好看哩。"

拴牢看豆苗的脸红红的，真像开得好看的山丹花。

豆苗看拴牢呆呆地盯着自个儿看，羞得不知说甚好，伸手从头上扯下花，一路跑下山去。

到了窑门口，豆苗的心还是怦怦乱跳。她低头看了看手里的花，手里的花还是红艳艳的，真好看。

她把红艳好看的花小心地装进贴身的口袋里，用手抹了抹胸口，慢慢地走进窑洞。

# 第七十一章　老艄

拴牢看到河里漂来一条船，他就知道父亲回来了。他高兴地跑到山梁下，冲山梁上喊着“回来了，回来了”。

蹲在地里舞弄庄稼的满粮，慢慢地立起身子，向着远处的大水湾子望去。他一望到漂过来的船，便高兴地向着山梁下走去。

拴牢气喘吁吁地跑上瓷窑，拴牢妈看拴牢跑得上气不接下气，以为出了甚事，着急地问：“出甚事了，拴牢？”

拴牢喘了口气，笑着说：“妈，回来了，回来了。”

一听回来了，拴牢妈高兴地喊着：“豆苗、豆苗，你大回来了。”

豆苗在窑洞里听到拴牢“回来了、回来了”地喊着，从窗口探身一看，就看到了拴牢。

她喊了一声“妈”，又问拴牢：“拴牢哥，是俺大他们回来了吗？”

拴牢说：“是哩，豆苗，都回来了。”

拴牢又急急地说："妈，咱走哇。"

果然是面换的船回来了，面换、米仓和长命除晒黑了些，三个人全须全尾的。船上的瓷器没了，却多了些油盐调料和手头用具。

满粮和拴牢跑到大水湾子，和米仓、长命一起把换回的东西从船上搬下来。拴牢妈和豆苗到窑洞里张罗着做饭。

满粮把面换让到炕上说："兄弟，这趟辛苦你了。"

面换说："都是自家兄弟，辛苦甚哩。"

满粮又看一眼米仓说："兄弟，你也辛苦了。"

米仓呆呆地瞅着炕面，好一会儿，悠悠地叹口气说："唉，这趟要不是面换哥，俺们这儿条命就丢在水里了。"

满粮心里咯噔一下，转脸看着面换急急地问："兄弟，是船上出了事吗？"

面换笑着说："唉，走水路就是个这，借风使舵，人不出甚力气，看着飘飘悠悠的，可也凶险。俗话说得好：'命苦不过河路汉，步步走的是鬼门关。'咱走的这条水路还算平顺。俺听下世的扳船老汉说，他听一些常年吃水路的扳船汉说起走水路的事，真能吓死人。像鬼门关、鬼见愁、阎王嘴，光听这些名儿，就知道多吓人。

扳船汉走到这些地方，就再不敢往前走一步，要花大价钱雇了老艄才能把船扳过去，有胆大不想出钱冒险闯关的，十有八九被阎王爷拉走了。"

满粮着急地问："咱的船出了甚事？"

面换说："也不算甚大事，可手脚慢点儿就没命了。"

米仓说："走的时候，老天爷照应，天气挺好，眨眼就要到镇上了，忽地刮起了风，一个浪头打过来，把船头打偏了。眼看着就要撞上前面的石头了，俺和长命吓得不知该咋办哩。俺那会儿想着，这下可完了，船撞上去，俺们三个和这一船瓷器还有个好。

俺看面换哥咬着牙，疯了一样使劲儿扳着船，硬是把船扳了过来，溜石头边滑过去了。”

这时，正和拴牢说话的长命扭过头来，好像想起了船上的情景，脸上呆呆的。拴牢叫他，他也没作声。

满粮看了一眼儿子长命。长命在水上走了一趟，脸晒得黝黑发亮。

瞅着儿子，他想起了自个儿和儿子刚来大水湾子时的情景。

没有住的地方，他们就用带来的一把锹掏了窑洞。

窑洞里铺了干树叶，他们就像睡在自家炕头上。

没有吃的，他们就去山梁上摘果子、去河里扎鱼。

如今，米仓烧出瓷器，换回油盐调料，他们的日子本来越来越好了，可走水路又这般凶险，他又不由得担心着。

米仓想着的是，上次出去换瓷器，他和长命推着手推车走在坑坑洼洼的路上。

走得腿脚都肿了，他们才走到了清河镇。

等到了清河镇，停下车子打开绳子捆一看，车上的瓷器烂了一多半，辛苦地走了一路，可他们的辛苦却是白费了。

这次走水路，面换撑着船，船在水里漂着，虽说也担惊受怕，可比起旱路，到底省劲儿了许多。

满粮又想着，尽管水路凶险，可不管咋，面换、米仓、长命全须全尾地回来了，这还不是应该高兴的事儿吗?

他拍着巴掌高兴地说：“好了，好了。”

米仓正想着心事，听满粮大哥一个劲儿地叫着“好了，好了”，就瞅着满粮笑着说：“哥，甚好了？你这没头没尾的，‘好了好了’地说甚了？”

满粮眉开眼笑地说：“好了，甚也好了。你看，咱这瓷器烧得越来越好了，山梁上的庄稼也越种越好了。以往，你还愁着瓷器不好往出倒腾，好不容易倒腾出去却是烂了一半。面换兄弟一来，这瓷器装船一走水路，路上省劲儿不说，瓷器也没打烂。更要紧是的是，你们三个全全乎乎地回来了，这不是天大的好事嘛。”

米仓一拍巴掌说：“哥，你说得对，是好了，这光景真的是越来越好了。”

满粮说：“这一趟米仓和长命全全乎乎走下来，全靠了面换大哥。”

面换笑着说：“看你说的，俺也没别的能耐，不像你和米仓，一个会烧瓷，一个会种地，俺就能撑个船。”

满粮正要接话，面换又说：“不过，俺觉着，守着这么好的地方，咱还得动静大点儿。”

满粮说：“兄弟，你在镇里待过，见的世面多，你给俺们说道说道，咱咋个干法。”

面换说：“就拿种地来说，咱咋也得弄头牲口。光凭着两手两脚一个光脊背，能种多少地、能打多少粮？还有瓷窑，也得有个牲口使唤，不说别的，起码这碾泥浆就得使唤牲口。”

满粮点着头说：“兄弟，你说得对，是这么个理。”

米仓也说：“俺也琢磨过这个事儿哩，以往就俺和满粮大哥，娃们也小，使不上力气，你来了正好，咱这摊子也正好往大闹腾闹腾。要是咱这瓷器烧得多了，咱还要弄条大船，咱不光去清河镇，咱还要到别处走走哩。”

其实，满粮也早想买牲口种地。有了牲口，这种地就省事多了。

可买牲口就得拿钱，他手里哪有钱?

他本来想着，等卖了瓷器赚了钱，和米仓商量着买头牲口，可一车瓷器远天远地地拉出去，却是烂了一大半，他的心就灰了。

好在，老天爷有眼，让米仓和长命遇着了面换，要不这一趟瓷器拉出去还得烂一大半。

米仓说：“有了面换兄弟的船，瓷器从水路运出去，俺们少受些苦累不说，瓷器也能全全乎乎拉到地方。下次卖了瓷器，咱就换两头牲口。”

# 第七十二章　摆龙门阵

熬过了没吃没喝的苦日子，三家人在大水湾子的日子便过得快了些。

看着一天天长大的娃娃们，面换又操心起了豆苗的亲事。

在面换看来，长命和拴牢两个娃都不赖，两家人的大人也都通情达理，可他觉着长命更合适些。

长命比拴牢沉稳，长命还有烧瓷手艺，走到哪儿也饿不着。再有就是，豆苗嫁给长命，还有婆婆帮衬。

拴牢妈虽不是长命的亲妈，可两个娃既是调了过儿，那豆苗嫁过去，拴牢妈就成了豆苗的婆婆。豆苗没了亲妈，有个知冷知热的婆婆照应着，他也放心。

这样想时，他不由得笑出了声。他满意自个儿的安排，觉着这么安排再好不过了。

他喊着“豆苗、豆苗”，喊了几声，却听不到豆苗答应。

面换在家盘算着豆苗亲事的工夫，拴牢正领着豆苗在大水湾子里扎鱼。

米仓和长命救了面换的命，豆苗父女俩随米仓和长命来到大水湾子。

长命虽是他们父女俩的救命恩人，可豆苗和长命只是在来大水湾子的船上叨唠了几句。

等到了大水湾子，长命一头扎在瓷窑，豆苗和长命便很少见面了。时间长了，即使再见面，两人也生分起来。

面换住着的窑洞和满粮住着的窑洞离得近，两家人一出门就能打照面。

地里忙时，满粮和面换就相跟着一起到田地里拔草，或是给庄稼苗浇水。拴牢和豆苗或是拔草或是浇水，也成了干农活儿的一把好手。

地里不忙时，或是满粮到面换窑里，或面换到满粮窑里，不管进谁的窑，都像到了自家一样，两人脱鞋上炕，一边喝茶抽烟，一边摆开了龙门阵。

没有烟叶，满粮就把干树叶揉碎了填到烟袋锅里抽。虽说呛得气短咳嗽的，可只要烟袋锅冒烟，别的也就顾不上了。

满粮还把树叶泡在水里当茶喝，他发现榆树叶泡了水不好喝，就尝试着泡别的树叶。

一来二去，他发现有一种不高的小树上的树叶泡了水喝着挺好。他就转山梁寻这小树，把这小树的叶子收拢起来，晒干当茶叶泡水喝。

每天，拴牢领着豆苗或是到河边扎鱼，或是到梁上套兔子、网野鸡。

拴牢性子活泛、嘴又闲不住，豆苗和拴牢在一起总是有说有笑，没个闷的时候。

苦日子一天天挨着，熬磨得人心疼；好日子却是不经过，一眨巴眼的工夫，一天过去了，一个月过去了，一年过去了。

在这一天天、一月月、一年年里，拴牢和豆苗跑着、跳着，说着、笑着，日子过得更快了一些。

那天，面换从窑里出来，感觉阳婆晃得睁不开眼。他远远地看到一个后生和一个闺女从大水湾子那儿相跟着走过来。他吃了一惊，想着这是从哪儿来的俊俏后生和女子？

他手搭凉棚，睁大眼睛看后，心里骂了自个儿一句：“哪有甚俊俏后生和女子，那分明是拴牢和豆苗。”

他心里想着，大水湾子的阳婆好、风水好，娃们说长大就长大哩。

快走到窑门口时，拴牢把一条鱼递给豆苗，就拐进自家的窑洞。

豆苗笑盈盈地说：“大，你看甚哩。”

他说：“没看甚，不早了，回窑做饭哇。”

看着相跟着回来的拴牢和豆苗，他心里想着，自从来了大水湾子，豆苗好像总和拴牢搅和在一起。

以前，两个娃都小，也没个忌讳，眼看着一天天大了，也该避避嫌。再说，他既是想着让豆苗嫁给长命，就不该让豆苗和拴牢一天天地搅和在一起。

# 第七十三章 提亲

面换想着，豆苗长大了，该给豆苗提亲了。

他知道，豆苗人样好、性格好，米仓两口子要是知道他给豆苗和长命做亲，肯定会高高兴兴地答应。

可他想着成天和拴牢说说笑笑的豆苗，心里又没了底。他摸不准，把豆苗许给长命，豆苗心里情愿不情愿，要是豆苗的心思在拴牢身上，那可咋好哩。

他想探探豆苗的心思，顺便劝一劝豆苗，过日子顶要紧的是寻个靠实的人，光说说笑笑哪能过好光景。

黑夜吃过饭，面换对豆苗说："闺女，咱来了大水湾子这些时候了，你觉着这大水湾子咋样？"

豆苗笑着说："好呀！"

面换说："那咱就在这大水湾子过活，哪儿也不去，你说好不好？"

豆苗扑闪着一双毛乎乎的大眼睛说："好呀，俺觉着挺好的。拴牢哥教俺扎鱼、套兔子了，俺学得差不多了。”

面换听豆苗一口一个“拴牢哥”地叫着，他的心里有些不得劲儿，就说：“闺女家，不要整天疯跑乱逛的。”

又叹了一口气说：“闺女家迟早要嫁人，你该和你干妈学点儿女人家的营生，像做饭了、做针线活了。”

豆苗一听父亲说到自个儿嫁人的话，觉着不好意思，就不好开口了。

面换看豆苗不作声，就又说：“闺女，还记着咱在清河镇过的苦日子了哇，吃没个安稳吃处，住没个囫囵住处。咱们好不容易在船里安了身，可整天在水上漂着，身不落实，心也不落实。要不是遇着你米仓大爷和长命哥，俺这条命就丢在船上了。唉，想想都后怕，要是俺不在了，留下你一个孤孤单单的可咋好哩。你米仓大爷和长命哥救了咱的命，还把咱爷俩拉扯到这么个好地方。咱在这里吃安稳饭，住囫囵窑，多亏了你米仓大爷和你长命哥哩。

还有你干妈，也是再好不过的人，对咱知冷知热的，还说冬天要给咱缝件棉袄穿哩。”

面换七拐八拐，却还是不好和闺女直接说，让闺女嫁给长命。

他叹口气，想着，要是豆苗妈活着就好了，这些话哪用他一个大男人絮絮叨叨地说哩。”

罢、罢、罢，娃儿小不懂事，等她长大些就知道俺都是为着她好哩。

面换本想让满粮到米仓那里提亲，可又有拴牢这一层，想着，他和米仓又不是外人，他直接把这话提一提，看看米仓的意思。

那天，他专门去了趟瓷窑，唠了些闲话，又问了下长命的岁数，还把长命夸了一气。

米仓每天忙着瓷窑的事儿，别的事情他也不大管。

黑夜收工后，他看长命出了窑，就对拴牢妈说：“面换哥今儿个来做甚了？他说了一气闲话，又问长命多大了，还把长命夸了一通。”

拴牢妈说：“那还用问了，准保是看上长命了，想着让长命和豆苗结亲。面换是想着让咱过去提亲哩，他不好说出来。要说，豆苗这个娃人样端正、性子也好，管配过长命了。”

米仓说：“噢，面换既是看中了长命，那咱就过去提说提说。”

拴牢妈说：“只是苦了拴牢，要是拴牢学了烧瓷手艺，说不定面换就会相中拴牢。俺看豆苗和拴牢常在一起拉话哩。”

米仓说：“你说甚了，面换看中长命就看中长命，咋又扯上拴牢？”

拴牢妈哭着说：“拴牢，俺可怜的娃。”

# 第七十四章　稀罕事

米仓和拴牢妈商量，要拿新烧出的碗和盘去提亲。

拴牢妈说：“拿这个行不行，面换大哥会不会说咱不上道？”

米仓说：“人家看中的是长命的人，还有长命的当家手艺，这是长命烧出来的碗和盘，有甚不上道的。长命有了扛硬的手艺，烧出人人喜见的瓷器，想打换甚打换不回来？”

米仓提亲走后，豆苗就哭开了，她没想到父亲真的想让她嫁给长命。

面换说：“你妈临死前千叮咛万嘱咐，说甚也把你拉扯大，等你长大了，咋也给你寻个能吃饱穿暖的人家。大水湾子虽说是好地方，可天底下哪儿还不是靠天吃饭？碰着荒旱年限，谁能保证这地里能长出粮食？长命有手艺，这大水湾子又不缺矸子泥，天旱天涝也能烧出瓷器。只要烧出瓷器，咱撑着船把瓷器拉出去，到哪儿换不回粮食？眼下地里还能打下粮食，咱守着这些地，也够吃够喝，可再好也各家是各家，真要到了荒旱年限，谁又能顾上谁。咱两家人做了亲，长命和你米仓干大烧了瓷，大撑了船给运瓷，卖了瓷的钱还不是贴补你和长命？”

看豆苗不作声，面换软下声儿来说：“长命和你米仓干大救过大的命，你嫁给长命，也算是替大报了你米仓干大和长命的救命大恩。”

听着父亲的这些话，豆苗不由得想起了父亲病在船上的情景。

父亲黑天半夜病在船舱里时，没一个人帮他。

看着父亲昏昏沉沉，眼不睁、口不语的样子，她想起死去的母亲，想着父亲也要死了，她身子一个劲儿地发抖。

她瞅着病得不省人事的父亲，只管呜呜呜地哭着。这时，长命哥和米仓干大来了，他们把父亲放到手推车上，推着父亲去寻大夫看病。

父亲吃了大夫开出的药，又躺了一天，慢慢地坐起来……

父亲撑着船来到了大水湾子，她见着了拴牢和拴牢妈，也见着了满粮干大。

看见拴牢妈，她就想起了自个儿的亲妈。拴牢妈让她叫自个儿“干妈”，她叫了一声“妈”，拴牢妈搂着她哭起来。

父亲说，她嫁给长命，就是报了米仓干大和长命的救命之恩。

可她和长命总共没说过几句话，她心里没有长命，她也不想嫁给长命呀。

她想起了拴牢，她想起和拴牢手拉手一起到河边扎鱼，到山梁上追兔子、野鸡的情景。

拴牢知道他大到豆苗家为长命提亲的事后，有些不相信。

他心里难过地想着，他要和豆苗分开了，想到这里，他的心一阵地疼。

他想起，他和豆苗时常坐在河边，他给豆苗讲山上的趣事，豆苗给他讲水上的稀罕事。

他们望着面前这一道长长的大水，不知道从哪儿流来，也不知道往哪儿流去。

他问豆苗：“豆苗，你会划船吗？”

豆苗说：“会哩，可俺大不咋让俺划，说女娃划船不好。”

他说：“俺要是会划船就好了，咱们就一起划船到远处去看看，看看这大水到底能流到哪儿。”

他想着，这大水永不停歇地流着，白天也流黑夜也流，可究竟流了多少年，是一千年还是一万年？

河对岸的大山知道吗？大山上绿油油的树、红艳艳的花知道吗？

# 第七十五章　苦杏仁

面换看豆苗一天闷着头不说话，他想着，和长命做亲有甚不好的，这娃咋这么不懂事。

老话说得好："嫁汉嫁汉，穿衣吃饭。"闺女家，顶要紧的是嫁一个吃穿不愁的好人家。

他知道，豆苗孝顺，豆苗心里不痛快也会听他的话。再说，豆苗慢慢就会知道大人的苦心。

他想对豆苗说："豆苗，你妈还不是带了饿的害，要不是饿得厉害，你妈咋会去吃苦杏仁，你妈不吃苦杏仁，又咋会死哩。咱好不容易到了口外，还不是为着活命。俺让你嫁给长命，还不是为着你以后不愁吃不愁穿，不过那糟心光景。你嫁到长命家，虽说不能享甚福，可也是踏踏实实的一家人。

积财千万，不如薄技在身。长命能吃苦，总能把烧瓷手艺学到家。你嫁过去，跟长命好好过光景，定会吃穿不愁。"

两家大人都见了面，长命和豆苗就算是定了亲。

面换想着的是，豆苗没了亲妈，早点儿嫁过去，有个婆婆关照，他也放心。

早上，看到满粮和拴牢到大水湾子抬水，面换说：“豆苗，咱和你满粮干大抬水浇地去哇。”

面换抬脚出了门，看豆苗迟迟疑疑的，就说：“豆苗，磨蹭甚了，快点儿走了哇。”

还是像往常一样，满粮和面换抬着一个水灌，拴牢和豆苗抬着一个水灌。

面换和满粮一路抬着水走、一路瞎说八道。拴牢和豆苗平时有说有笑的，可今儿个两人却都闷闷的。

两家人一起干活，晌午一起吃饭，吃过饭略展一展腰，又一起抬水。

到了晚不晌，满粮和面换歇下来。拴牢说：“俺和豆苗再抬上一水灌就歇。”

下了圪梁，拴牢把水罐往地上一扔，坐在地上瞅着面前的大水说：“咱得走。”

豆苗一愣，抬头看着拴牢。拴牢猛地扭过头来说：“豆苗，咱得走，咱得离开大水湾子。”

豆苗没有作声，只是难过得低下了头。

拴牢说：“豆苗，俺想好了，你会划船，咱一起划船离开这大水湾子。”

豆苗瞪眼瞅着拴牢，她想和拴牢在一起，可她没想要离开大水湾子。

拴牢说：“快，咱这会儿就走，豆苗，你听见了吗？”

豆苗想起死在口里的母亲，又想起了父亲病倒在船上时的情景，她觉着害怕。

她低头哭着说：“俺，俺愿意跟你走，可俺不能丢下俺大……”说着，她呜呜地哭起来。

面换看豆苗跟着拴牢走远的背影，心里想着，豆苗和长命定了亲，以后再不能让豆苗和拴牢一起搅和了。

满粮和面换各自往窑里走，满粮说，有晌午剩下的饭，就热一热吃一口。

面换说：“不了，俺等豆苗回来熬点儿稀粥，喝上一碗就行了。”

面换躺在炕上一边歇着，一边等着豆苗。

# 第七十六章　落水

眼看着天黑了，豆苗还是没有回来，面换的心里不免有些担心。

他正想着要不要到大水湾子看一看，却听到窑门外响起了急急的脚步声。

他的心里一紧，想着是不是豆苗出了甚事，却见豆苗一头从门外撞进来。

豆苗一进门，就急急地说：“大，拴牢，拴牢，他……”

面换一看豆苗回来，心里的一块石头落了地，他问：“拴牢不是和你抬水嘛，咋了？”

豆苗一边哭一边说：“拴牢，拴牢，他，他要划船走。”

面换一听拴牢要划船走，噌地从炕上坐起来，一下子跳到地上，趿拉了鞋就往外跑。

面换爬上大水湾子的圪梁，看到拴牢正在解树上的绳子。

面换喊着：“拴牢，快停下。”

拴牢不抬头、不言语，只顾解着绳子。

等面换跑下圪梁时，拴牢已解开绳子，纵身跳到船上。

拴牢跳到船上，想着伏下身子去拿桨，可船一栽歪，他就从船上掉进了河里。

面换一看拴牢掉进河里，急得一拍大腿，却一眼瞅见耷拉在水里的绳子，他赶紧一探手揪住绳子。

抬头再看时，他看到掉在河里的拴牢两手扒在船沿上。

豆苗也跑下圪梁，紧跑到河岸边，和面换一起使劲儿揪着绳子。慢慢地船靠了岸，面换探手把拴牢拉到岸上。

拴牢被拉上岸，已浑身湿透。

他坐在河岸边发了一会儿呆，翻过圪梁向着窑洞走去。

快走到窑洞前时，走在后面的面换说："过这边来哇。"

拴牢站住打了个定醒，听话地进了面换和豆苗父女的窑里。

面换叹了一口气说："看你一身泥一身水的，你大看见还不得吓出个好歹。豆苗过去告给你满粮干大，就说拴牢去了瓷窑，明个儿一早就回去。"

豆苗出了门，面换让拴牢上炕把衣裳脱了钻到被窝里。

拴牢说："俺这会儿就去瓷窑。"

面换说："你不想吓着你妈，就脱衣裳钻到被窝里。"

拴牢只好脱了衣裳钻到被窝里。

豆苗回来后，面换让豆苗将拴牢的衣裳铺到炕头上。

豆苗往锅里添上水撒上米，熬了半锅稀粥。

面换把一碗稀粥放到拴牢的头跟前，拴牢趴在被窝里喝了碗热热乎乎的稀粥，出了一身透汗，被水浸湿的身子慢慢地暖和过来。

拴牢躺在被窝里，觉着别别扭扭的，也不敢看豆苗。

豆苗看拴牢躺在被窝里，也不好意思抬头看拴牢，只低头烧火做饭。

早上天不亮，拴牢就醒来了。

他探身把炕头上干了的衣裳拿过来，在被窝里把衣裳穿上。

拴牢悄悄地下了地，轻手轻脚地出了门。

拴牢回到窑里时，满粮还没有起来。

他脱鞋上了炕，满粮翻了个身说："这么早就回来了？"

拴牢"嗯"了一声，就在炕上躺下来。

拴牢想着，刚来大水湾子时，他跟着长命去山上摘果子、套兔子、逮野鸡，去大水湾子扎鱼。

瓷窑开工后，长命整天待在瓷窑，拴牢一个人也没了耍的兴致。

豆苗来了后，他领着豆苗到河边扎鱼，到山上摘野花、摘红果子。

那次，他和豆苗上山摘野花时，看着戴了野花的豆苗，两个脸蛋红红的，特别好看，便想起了村里娶媳妇时，戴着红花的新媳妇。

后来，他就老想着豆苗，夜里也常会梦到豆苗。他梦到豆苗戴着花，他拉着豆苗的手。

一听豆苗和长命订了婚，他心里一发急，就想带着豆苗一起走。

他不知道自个儿做得对不对，只是一想到豆苗要嫁给长命，他就一天也不想在大水湾子待了。

满粮起来，看拴牢还在炕上躺着，就一个人去了地里。

满粮从地里回来，看拴牢不在屋里，想着，这娃去了哪儿？

他站在窑门外喊着“拴牢、拴牢”，还是没人应声。

面换听满粮叫拴牢，就从窑里出来问：“拴牢不在了？”

满粮说：“这娃一大早去哪儿了，是不去瓷窑了？唉，俺糊涂了，他早上刚从瓷窑回来。”

面换一听拴牢不在窑里，心里就有些慌。

他三步并作两步跑到大水湾子，看到拴在树上的船还是好好地停在岸边，他在心里长出了一口气。

他想着，谢天谢地，拴牢这娃没弄船。

满粮跑上山梁，绕着山梁寻了一圈、喊了一圈，看不见拴牢的影子，也听不到拴牢的回应。

他想起拴牢这几天总是魂不守舍的，心里不禁有些发虚，想着拴牢会不会出甚事。

他撒开腿跑到瓷窑，刚好看见拴牢妈从窑里出来，就问：“拴牢来了吗？”

拴牢妈说：“没来呀。”

他问：“拴牢昨晚来了吗？”

拴牢妈说：“没来呀。”

拴牢妈又问：“咋的了，大哥，拴牢出了甚事？”

他赶紧说：“没甚事。”

他一听拴牢妈说拴牢昨晚没来瓷窑，就扭身往山下跑。

刚跑了两步，又想着，他这么急急慌慌的，还不把拴牢妈吓着了，就慢下步子往山梁下走去。

拴牢妈看满粮一大早来寻拴牢，心里早就发了慌。

站在那儿愣了下神，她就喊长命。

长命从作坊里出来，拴牢妈说：“快，长命，你赶上你大问一下，是不拴牢出事了？”

满粮一路连走带跑，跑下瓷窑，一奔子跑到大水湾子旁。

他站在大水湾子旁边的圪梁上，虽知道拴牢不会做傻事，可还是不由得担心着。

正在这时，他听到一阵嗵嗵的脚步声，回头一看，长命从后面跑过来。

他知道，自个儿上瓷窑寻拴牢，拴牢妈担心拴牢出事，让长命来打探消息。

他说：“拴牢不见了，你回去慢点儿和你大、你妈说，不要吓着你大、你妈。”

长命走后，他站在河岸边发了一会儿呆。

他一时觉着自个儿不该答应米仓让长命去学烧瓷手艺，也不该把两个娃调过儿。

要是拴牢守着亲妈，也就不会想着要离开家了。

要是拴牢妈知道拴牢不见了，那还不急疯了。

拴牢妈知道拴牢不见了，一下子摊在地上，哇哇地哭开了。

她想起拴牢不喜见学烧瓷手艺，米仓让长命学了烧瓷手艺，还让长命和拴牢调了过儿。

为这烧瓷手艺，弄得老子不认儿子，儿子不认老子。这会儿，拴牢也不见了。

想起这些糟心事，她的心里就一阵阵地疼着。

她一边哭一边数落开了米仓：“一天天就顾你那些烂瓷器，要不是那些烂瓷器，拴牢能离开家吗？拴牢要是有个三长两短，俺也不活了，你就守着你那些个瓷器过哇。”

米仓心里也慌慌的，他也怕拴牢想不开。

他想着，难不成自个儿做错了？他还不是怕这祖祖辈辈传下来的烧瓷手艺烂在他手里嘛，他还不是想着把这祖传的手艺传下去嘛。

要是这祖祖辈辈传下来的烧瓷手艺烂在他手里，那他就是死了也没脸去见列祖列宗。

遇着拴牢这么个糟心娃，他有甚法子了。要是拴牢能像长命一样喜见烧瓷手艺，能一心一意地跟着他学烧瓷手艺，唉，这都是命，是他的命苦，才生出这么个不孝的逆子来。

米仓看着哭得伤心的老婆，对长命说："长命，快把你妈搀回窑里。"

拴牢妈被长命搀回窑里，米仓走到作坊里，却是心烦意乱，甚也干不成。

他正打算叫上长命出去寻寻拴牢，满粮却来了。

满粮说："俺怕你们着急，过来看看。俺回窑里看了，拴牢走时带着干粮哩。你们不用糟心，这娃就是心不顺出去走两天。他身上带着干粮，走到哪儿也饿不着。不要担心了。过两天，娃心顺了就自个儿回来了。"

米仓骂道："这个生事由子，等他回来，看不剥了他的皮。"

满粮知道米仓虽说的是狠话，可也是刀子嘴豆腐心，就叹了一口气说："拴牢这娃性子犟些，可还懂得事理，不会出甚岔子的。"

他嘴上虽这么说，心里却热油火熬的，可再急又有甚法子哩。

# 第七十七章　河神庙

拴牢走后，拴牢妈又急又气，就犯了心疼病。

得知拴牢离家出走的消息，面换去满粮窑里坐了一气，说了一气宽心话，又拐到瓷窑，劝了半天米仓和拴牢妈。

拴牢妈躺在炕上一边不停地打嗝，一边用手摩挲着胸口。

面换想着，他原想着豆苗嫁过来，有拴牢妈这么个贴心的婆婆，他也就放心了。

人常说：“百病由气生。”要是拴牢妈病倒了，那豆苗也就苦下了。

他想着，反正亲也提了，不行让豆苗过去服侍上拴牢妈一阵子。有个人在跟前说话解闷，拴牢妈心里不愁苦，病也好得快。

他对米仓说：“瓷窑的营生俺也帮不上忙，豆苗在家也没甚事儿，让她过来给你们爷俩做做饭，闲时和她干妈说说话。”

米仓看老婆躺在炕上、说话有气无力的样子，心下也犯了愁。他心想，豆苗能过来再好不过了，可豆苗和长命还没成亲，让豆苗过来合适不合适呢？

面换看米仓迟迟疑疑的，就说：“豆苗和长命亲也定了，过来帮帮忙也合情合理。”

豆苗听父亲说拴牢妈病了，就着急地说：“那俺去看看干妈哇。”

面换说：“是该去看看，咱来了大水湾子后，你干妈对你一直体贴入微。俺想着，你去了多陪你干妈住几天，你干妈喜见你，有你陪着，说不定病也能好得快。”

豆苗心里惦记着拴牢，哪儿也不想去，可干妈病了，她也应该去看看。要是有她陪着，干妈的病真的能快点儿好起来，她还有甚不愿意的。

面换把豆苗送到瓷窑就走了，让豆苗留下来陪着她干妈。

养了几天，拴牢妈虽是能下地了，可身子发软，脑袋发晕。

豆苗张罗着一家人的饭食，闲下来就和拴牢妈说话唠嗑。

本来说好的，过两年，再让长命和豆苗成亲，可拴牢妈病病歪歪的，米仓想着，尽早把豆苗娶过门，要不让豆苗不明不白地侍候着，也不是个事儿。

面换说：“咋也行，咱都是为两个娃好。”

米仓对拴牢妈说，让长命和豆苗成亲。拴牢妈高兴地拉着豆苗的手，可想起离家出走的拴牢，又不免伤心起来。

米仓就想着，这趟瓷器卖了就给长命和豆苗准备点儿结婚的东西。

虽说是穷家薄业，别的不买，结婚咋也得准备一床被褥。

上次，面换扳船带着米仓和长命打换瓷器回来后，米仓叨唠起拉着瓷器的船差点儿撞到石头上，满粮听得心里一惊。

满粮心想，走旱路有旱路的难，走水路有水路的险，唉，人活在世上咋就这么难哩。

庄稼地里闲下时，他一个人鼓捣着在大水湾子旁边盖起了一个半腿高的河神庙。

河神庙盖起来后，他又想着，打换瓷器难，种庄稼也不容易。

米颗颗撒在地里，他盼着润个沓沓地下一场雨，可每天抬头看天，看得脖子都酸困了，老天爷还是落不下一滴雨个渗渗。

他又在种着庄稼的地头盖起一个龙王庙，盼望龙王能保佑这里一年四季风调雨顺，让种在地里的米颗颗发芽、拔节、吐穗。

瓷器出了窑，装船上路前，面换、米仓和长命在满粮盖的河神庙前磕头上香，企盼河神保佑他们平平顺顺地把瓷器拉到清河镇。

这一次，面换撑着装满瓷器的船平平顺顺地到了清河镇。

瓷器卖了钱，长命买了些棉花、花布和荞麦皮。

东西买回来后，拴牢妈和豆苗娘俩细针密线缝了一床被褥，又装了一个长枕头。

米仓想着，娶媳妇咋也得有个轿子，不能让豆苗抬脚跑来。

他过去和面换商量，没商量出个甚，就回瓷窑忙去了。

面换也想着，闺女一辈子就嫁这么一回，咋也得让闺女坐着轿子嫁过去。

他过去和满粮商量。满粮说："是该坐轿，老家那么苦的日子，娶媳妇也要坐轿。再说，新媳妇坐轿也是老辈子传下来的规矩。"

面换说："俺也知道是老辈子传下来的规矩，可咱这个地势，到哪儿去弄一顶轿子哩，再说哪儿有抬轿子的？”

满粮说：“咱自个儿做一个试试，你看咋样？”

面换笑笑说：“老哥，咱哪能做轿子了？那是木匠师傅的手艺活儿。”

满粮说：“甚活儿不是人做的？咱先试试，做成了更好，做不成再想别的法儿。”

面换走后，满粮琢磨着咋做轿子。

琢磨着轿子，他又想到了拴牢。

他想着，要是拴牢在的话，也能给出出主意。

他觉着，拴牢比长命脑子灵醒，就是没耐心。

可要是拴牢在，他让拴牢帮着他做轿子，拴牢心里会咋想？

他叹了一口气，想着豆苗这闺女性子好、人样也好，谁娶了也差不了。

豆苗这么好的闺女，咋也得想法把这娶亲的轿子做好，让豆苗坐着轿子出嫁。

他想着，这大水湾子就他们几个，这轿子做好了，谁来抬也是个事儿。再说，到瓷窑的路不好走，骡子买回来了，也不知道能不能用骡子驮轿子。

立秋后，庄稼收回来了，满粮把粮食分作三份。面换让出一些给了米仓，说是闺女一嫁人，他就一个人，吃不了多少。

满粮说：“咱俩干脆搭伙一起吃哇。”米仓说：“早该这样了。”就把面换给他的粮给了满粮，满粮推让了下也就收下了。

地里没了庄稼，满粮的营生就是喂买回来的两头骡子。

这骡子暂时还使不上，可一开春就有用处了。

拉矸子泥、拉水，到秋天拉庄稼，还有就是往船上拉瓷器，都需要用骡子。

他想着，明年闲下时，把从瓷窑到河边的路修一修，再往河边拉运瓷器时，路好走了，瓷器也就不受损了。

早上起来，他给骡子喂了一把草，就上了山梁。他从山梁上寻了些木头不浪。把木头不浪扛到窑洞前，他坐在窑洞前的石头上，瞅着这些木头发了一气呆，就动手做起了轿子。

上次，米仓拉着瓷器打换回了斧子、锯子和绳子等工具，这次做轿子正好用上了。

# 第七十八章 骡驮轿

面换看满粮拿斧头凿木头、用锯子锯木头，他也帮不上甚忙，就拿了镰刀上山梁给骡子割草去了。

割回来草后，他喂了骡子就到满粮的窑洞前坐着。满粮看他闲着没事干，就让他给按一按木头，或是递一递工具。

忙活了三天，木头搭起的架子有了轿子的样儿，再拿布一围，果真就成了一个轿子。

面换说：“哥，真有你的，俺看这轿子快做成了。”

开始，满粮想着用一头骡子驮轿子，后来觉着一头骡子有些吃力，就改用两头骡子。再说，明明放着两头骡子，用两头骡子不是更阔气些嘛。

他让面换拉来了骡子，把绑好的架子架到两头骡子的中间，用绳子捆绑好后，让面换拉着骡子走。

两头骡子不好指挥，一头骡子走开了，另一头骡子还站着不动。

满粮想了想，他自个儿拉着前面的骡子，让面换赶着后面的骡子。这样，前面的骡子走，后面的骡子也跟着走。

满粮说："咱每天走上几遍，骡子记住了，再走就顺当了。"

面换哪有不愿意的。闺女要坐这轿子，这轿子得稳稳当当的，要不他咋能放心哩。

豆苗坐进轿子里，由两头骡子驮着出发了。

为了稳妥，前面拉着骡子的还是满粮，后面赶着骡子的还是面换。

豆苗的头上搭着一块红盖头，上身穿了件半新的红褂子，裤子还是原来的旧蓝布裤子。

走着的骡子一颠一颠的，轿子一晃一晃的，坐在骡驮轿里面的豆苗也摇来晃去。

豆苗把红盖头撩起来，看着不远处的河水，她想起拴牢说的要带她走的话，心里一阵难过。

又走了一段，走到去往瓷窑的山坡下，她想起拴牢领着她上山摘花的情景。

她的头上戴着开得红红艳艳的山丹花，拴牢呆呆地瞅着她说："豆苗，你真好看，真像新媳妇。"想到这里，她不由得笑出了声儿。

她一时觉着，骡驮轿旁边走着的是拴牢，她想叫一声"拴牢"，可待她睁开眼时，看到的却是长命。

拴牢知道她要嫁给长命，他就走了。

她心里一阵难过，不由得哭出声儿来。她心里默念着："拴牢、拴牢，你在哪里？你快回来哇。"

满粮听到豆苗的哭声，想起了离家出走的拴牢。他还想起，他和拴牢说豆苗要和长命成亲时，拴牢整天闷闷不乐的，后来就不见了。

他想着，豆苗是不是和拴牢好，她想嫁的人是拴牢，而不是长命？要是这样，那可咋好哩。

他给豆苗做了骡驮轿。这会儿，豆苗坐着骡驮轿，就要嫁到瓷窑，嫁给长命了，可拴牢却离家出走了。

他觉着坐在骡驮轿里的豆苗可怜，走在骡驮轿边的长命可怜，离家出走的拴牢也可怜。

他心里念叨着："可怜的娃，咋弄成这个样子？"

可他又想着，和老家那些连饭也吃不开的娃比起来，这几个娃还是享福的。

在老家，有的人家吃不开饭，早早地把闺女童养出去，等长到年岁就圆房成亲，哪管看对不看对，愿意不愿意哩。

到了大水湾子，他们都能吃开饭了，可他还是盼着娃儿们合心合意地过日子。

他隐约猜着，面换看中了长命，而没看中拴牢，八成是面换让豆苗嫁给长命的。

豆苗这闺女性子绵软又孝顺，她大让她嫁给长命，她就听了她大的话。

虽说两个娃调了过儿，但长命终归还是他的儿子。儿子成亲，他打心眼里高兴，可一想到离家出走的拴牢，他又高兴不起来。

# 第七十九章　打嘴仗

满粮想着，拴牢既认了他这个大，他拼着一条老命，也要给拴牢讨一房媳妇。

谁说烧瓷手艺就比种地强了，瓷烧得再好能吃吗？吃不饱饭，再有能耐也不顶事。

不种庄稼，打不下粮食，别说是烧好瓷了，连矸子泥都背不回来。

说到底，人吃饱才能说硬气话，吃不饱饭，说甚也白扯。

他想着，骡子也买回来了，种地也轻省了，再多开些地，多种些庄稼，以后不愁吃、不愁穿的，这日子能赖到哪儿去。

等地里打下粮，他把黄灿灿的粮食驮到山西老家，不愁给拴牢换不回一房媳妇。

长命听豆苗嘤嘤地哭着，心里七上八下的。

他想起第一次见到豆苗时，豆苗坐在船里，哭得伤心的样子。那时，他就在心里疼豆苗了。

他没用米仓干大吩咐，就把手推车推过去。

他和米仓干大一起把面换干大放到手推车上，他和米仓干大推着面换干大到了大夫的门前。

他着急地拍打着大夫的大门，盼着大夫早点儿来给面换干大看病。

喝了两服药，面换干大的病果然好了，豆苗的脸上露出笑来。

面换干大撑着船送他们回大水湾子，他和豆苗坐在船上。

他一路和豆苗说着大水湾子里的鱼，山梁上的红果子、白兔子。豆苗留在了大水湾子，他多想和豆苗一起去摘红果子，一起去套白兔子。可瓷窑的活儿一忙开，他就没一刻的消闲。

他有时会在梦里见到豆苗，他领着豆苗到大水湾子里扎鱼，到山梁上去摘红果子、套白兔子，他高兴得笑醒过来。

米仓干大说，要给他和豆苗成亲时，他高兴得一晚上没睡着。

豆苗嫁给了长命，住进了新窑。

新窑是米仓和长命起早贪黑掏挖出来的。

盘锅台和火炕时，面换和满粮都过来帮忙。

新窑洞挖好后，长命从山上抱回些干树叶和干树枝，蹲在灶前把干树叶和干树枝填到灶坑里，用小火烧着，黑湿的炕面慢慢地泛出灰白。

面换很少去瓷窑，有时拐到瓷窑，到作坊里看看米仓和长命，又拐出来看看豆苗。拴牢妈留他吃饭，他“唉、唉”答应着却是回去了。

面换和满粮真的搭伙吃开了饭。两个人今儿个你做，明儿个他做，一个人在地上做饭，另一个人在炕上抽烟。两个人闷了时就打嘴仗。

面换问满粮：“吃甚呀？”

满粮说：“你想吃甚？”

面换也知道，说了也是白说，每天不是米菜饭就是菜米饭。

面换说：“俺想吃甚，俺想吃的有吗？”

满粮笑着说：“当上老太爷了，俺往后可侍候不了你了。”

面换说：“俺老太爷，俺还不得一样侍候你。”

满粮说：“唉，谁让你把闺女嫁到瓷窑上的，要是嫁给拴牢，俩娃还不得侍候咱。”

面换说：“你老糊涂了，说甚了！”

满粮也觉着自个儿说错了话，赶紧说：“俺老糊涂了，不说了。”

面换却是把做饭的家伙往灶台上一扔说：“俺是个黑心的老子吗？俺是专门害俺闺女了吗？”

见满粮不说话，面换蹲在地上，抱住脑袋就哭开了，边哭边说：“俺还不是怕闺女饿着了，俺还不是盼着闺女过上好光景嘛！”

# 第八十章　撑船

拴牢离家出走后，面换心里有些发虚。

那天，他把拴牢从河里拉上来，拴牢要去瓷窑，他没让去。

他怕拴牢一时想不开又出岔子，再者，他猜出拴牢舞弄船十有八九是为了豆苗，让满粮和米仓一家人知道了这些事也不好。

拴牢在窑里睡下后，虽是悄悄的，可他知道拴牢一黑夜也没咋合眼，不光是拴牢，他和豆苗也都一黑夜没睡。

天还没亮，拴牢就轻手轻脚地走了。

拴牢走后，他和豆苗都早早地起来。

豆苗下地烧火做饭，他坐在炕上问豆苗："到底是咋回事？"

豆苗开始不说，后来看他问得急了，就一五一十都对他说了。

正像他猜的一样，拴牢要豆苗撑了船一起走，豆苗不走，拴牢就要一个人撑了船走。

豆苗知道走河路的凶险，她也顾不得别的，赶紧回来叫父亲

去把拴牢拦下来。

听豆苗这么一说，他由不住一阵后怕。

豆苗和长命定了亲，要是豆苗和拴牢撑船走了，他咋向米仓和长命交代。

再说，船是谁想撑就能撑的吗？幸亏豆苗没走，要是不知深浅地闪在河里，那他的罪过可就大了。

当初，他让豆苗嫁给长命时，豆苗就有些不情不愿的。待他说出长命和米仓救过他命的话来后，豆苗低着头哭起来。

他知道，自个儿不该拿这话来压豆苗，可他这样做还不是为着豆苗好，还不是盼着豆苗能过上不愁吃、不愁穿的好光景。

豆苗坐着骡驮轿出嫁那天，他听到豆苗的哭声，心里虽有一些难过，可他想着，娃儿们小哪晓得事理，等到挨饿受冻的时候，就知道大人是为她好了。

豆苗嫁给了长命，他就放下心来。可他到瓷窑后，看到豆苗脸黄黄的、少精没神的，他又觉着哪儿不对劲儿。

他不知道，自个儿当初是做对了还是做错了，让豆苗嫁给长命对，还是让豆苗嫁给拴牢对。

今儿个，满粮的话一下子碰到他的伤心处，他的心一下子难受得不行。他知道，自从拴牢走后，满粮也难受，可满粮从来不提这码事。

两人都不提，这些话就憋在心里。他的心里不痛快，满粮的心里也不痛快。今儿个满粮无意中说出来，他们都松了一口气。

他想着，他是饿怕了，穷光景过怕了，总怕闺女饿着冻着、光景不好过。

自见着拴牢和长命，他就拿两个娃对比。他一心想着，豆苗嫁给谁，才能饿不着冻不着、不过烂光景。

唉，豆苗要是知道他这个当父亲的心思，知道他都是为自个儿的闺女好，那豆苗也就不会怪他了。

拴牢离家出走，他虽也难过，可他觉着，豆苗嫁给长命还是对的。动不动就离家出走，哪像个成事男人的做法。

他还想着，豆苗幸亏没嫁给拴牢。两口子过日子哪有勺子不碰碗的，要是豆苗哪天惹了拴牢，拴牢也离家出走，那豆苗咋办？

闹腾了一气，面换还是在地上做饭，满粮还是坐在炕上抽烟。

满粮一边抽烟一边想着心事，想着拴牢究竟去了哪里。

豆苗嫁给长命后，还是像原来一样，做饭洗衣，侍候婆婆。

不一样的是，她原来和长命一家人住一个窑洞，出嫁后，她要和长命住一个窑洞。

她觉着有些不习惯，长命也觉着有些不习惯。

他想起，豆苗和他坐船来大水湾子的路上，他给豆苗讲着大水湾子，豆苗忽闪着两只大眼睛看着他，一口一个“长命哥”地叫着他的样子。

他觉着，豆苗好像变了，再不是那个“长命哥、长命哥”叫着他的小闺女了。可他还是喜见豆苗，还是愿意和豆苗在一起。

他说：“豆苗，记着俺们一起坐船吗？”豆苗笑笑没作声。

他想着，豆苗忘了吗？这个豆苗还是那个和他一起坐船、一起说笑的豆苗吗？

长命记着，大和妈说了他和豆苗要成亲的事后，拴牢就离家出走了。

拴牢离家出走后，妈病了，豆苗也像掉了魂一样，干甚都少精没神的。他问了豆苗甚话，豆苗就会猛地吓一跳。

# 第八十一章　归来

拴牢回来了，拴牢不是一个人回来的，拴牢是和一伙人相跟着回来的。

拴牢离家出走后，不知该去哪里。他记着父亲领他来时的那条路，就顺着那条路往前走着。

他的身上带着米颗颗和红果子，饿了就吃一口米颗颗，渴了就吃一颗红果子。

他走到村里时，阳婆快落下去了。

他走到自家的栅栏门前，发现那个破烂的院子还在，可院里屋里都没一个人了。

他正站在院门前发呆，听到身边窸窸窣窣的声儿。他扭过头去，发觉身边围了几个人。

他看着他们，这些人又黑又瘦，却也能分出男人、女人和娃儿。

这些人将一张张黑瘦的脸向着他，大张着嘴用一双黑洞洞的眼睛望着他，像要把他吃掉一样。

他吓得往后退了退，瞪眼望着围上来的这些人。

只听一个男人说："这不是米仓的娃儿吗？"

一个女人说："娃儿身上的味儿好香，是甚东西？"

他吓得捂了捂倒衩子，倒衩子里装着还没吃完的米颗颗和红果子。

男人说："你是拴牢娃？还认得俺不？"

他揉了揉眼睛，刚才就觉着这男人和女人有些眼熟，只是黑瘦得有些怕人。

那是他们的邻居，男的是谷登叔，女人是谷登婶。旁边还站着他们的娃，一个又脏又黑的女娃子，那是和他耍过的草花。

谷登叔说："你大和你妈了？他们去了哪儿？"

拴牢说："俺大和俺妈都去口外的大水湾子了，那里还有满粮干大和面换干大。"

他想起自个儿和长命调了过儿，自个儿这会儿是满粮干大的儿子，却也不知道咋和谷登叔说，就低下了头。

谷登叔问："你们那儿能种地吗？能吃饱吗？"

拴牢说："能了，那里能种地、能烧瓷，还有好些好吃的。"他想起了大水湾子的红果子和河里的大鱼。

"拴牢，你娃哄叔了哇？能吃饱，那你跑回来干甚了？是不你大和你妈出去饿死了，你一个人跑回来了？"

拴牢说："俺大和俺妈没饿死，满粮干大在山梁上种了好些地、打了好些粮，俺们每天都能吃饱饭哩。"

谷登叔摇了摇头，不相信地望着他。

拴牢急了，从右边的倒衩子里掏出两颗红红的红果子，又从左边的倒衩子里掏出一把金黄的米颗颗。

围着的人都看到了他手里的红果子和米颗颗，一边惊叫着，一边向他身边围过来。

他吓得又往后退了退，谷登叔赶紧拦住围上来的人，对拴牢说："这是你大和你妈种的？"

拴牢说："俺大和长命哥烧瓷了。米颗颗是满粮干大种的。红果子是山梁上的树上结的。山梁上长着好多结红果子的树，结的红果子吃也吃不完。"

谷登叔望着拴牢手里的红果子说："拴牢娃，你说的是真的？"

拴牢把一颗红果子递到谷登叔的手里。谷登叔拿着红果子翻来掉去看了看，放到嘴里咬了一口，眯起了眼睛。

围着的人看谷登叔把红果子放到嘴里，也张大了嘴，好像也咬着一颗红果子。

谷登叔咬了一口红果子，这些人也像咬了一口红果子，也像谷登叔一样眯起了眼。

谷登叔睁开眼睛，把剩下的半颗红果子囫囵放到嘴里，咬了两下咕咚一声咽到了肚子里。

谷登叔拉起拴牢的手说："娃，到家里去，给叔好好说说，你们到底到了哪里？"

谷登叔拉着拴牢回了家，一大群人也跟到了谷登叔家里。

这些人又围到拴牢近前。拴牢把他们到了大水湾子，长命和他大如何烧瓷，他和满粮干大如何种地的事都说了一遍，就是没说豆苗和长命成亲，他跑出来这一截。

谷登叔问："那你为甚回来了，不在大水湾子待着？"

他一时不知道咋答复，就说：“俺是来接你们去大水湾子的。”

谷登叔说：“是你大和你妈让你回来接俺们的吗？”

拴牢愣了一下神说：“是俺大和俺妈让俺来接你们的。”

他听满粮干大说，大水湾子的山梁上都是好地。

他想着，大水湾子那么些好地，他把村里的人带到大水湾子，在这些好地上种上庄稼，他们的日子会越过越红火。

谷登叔说：“拴牢娃，你真是好娃，俺们正愁得没法哩。”

连年大旱，村子里的人走了多半，谷登和留下的人也正琢磨着跑口外讨活路，可他们只知道跑口外，却不知口外在哪里。

谷登说：“大伙都回去哇，回去搜寻点儿吃的。有愿意走的，咱明儿个就起身走哇。”

拴牢看着一个个饿得黑瘦的男男女女，他想着把倒衩子里的红果子送给这些人，谷登叔却给他使眼色，不让他拿出来。

等这些人走了后，谷登叔对拴牢说：“娃，倒衩子里还有多少红果果和米颗颗？”

拴牢把红果子掏出来放到炕上，又拍了拍装着米颗颗的倒衩子说：“就这些了。”

谷登看女人和娃娃都瞪眼瞅着红果子，就拿了两颗红果子说：“就这两个，再不能吃了。”

谷登叔让拴牢把红果子装起来，叹口气说：“要是跑口外的话，这些吃的就留在路上吃哇，不要糟害了。”

不久后，拴牢带着全村人回到了大水湾子。

满粮看到拴牢时，高兴得流下了眼泪。他抓着拴牢的手说：“娃，你可回来了，回来好，回来好。”

面换跑到瓷窑去告诉了米仓一家人。拴牢妈听拴牢回来了，从炕上爬下地，三步并作两步出了窑洞。

拴牢妈出了窑洞一溜小跑往山下跑，豆苗生怕婆婆摔倒了，赶紧从后面追上去。

一传十、十传百，山西人都知道了大水湾子这个好地方。他们携妻带子、拖儿带女来到了大水湾子。

开始，满粮和米仓看着成群结队的人们过来还有些担心。可后来，他们也放下心来，人走到哪儿还不是为着一口吃食。

满粮领着人们在大水湾子开出许多田地，他们在开出的田地上都种上庄稼。

农闲时，一些人跟着满粮到瓷窑烧瓷，一些人跟着面换到大水湾子撑船；农忙时，他们就一起在山梁上种地……

# 附录

# 神牛湾的故事

王有德出生的地方叫神牛湾，神牛湾就是他爷爷王满粮当年落脚的大水湾子。

念了几天书的王有德喜欢看书，慢慢地看成了一个土专家，专门搜寻关于神牛湾的故事。

下面是他搜集的关于神牛湾的故事。

## 神牛湾的传说

传说，有一年，大水湾子下了七七四十九天的暴雨。暴雨一个劲儿地下，下得平地起水，房院被冲塌了，人被冲走了。

天上的太上老君看到老百姓遭受苦难，非常心痛。他派自个儿乘坐的神牛下到凡间犁地疏通水道，解救众生。

神牛犁地犁到天黑时，得救的老百姓举着一束束的火把前来给神牛照亮。从来没有见过人间烟火的神牛，看到四周忽然亮起一大片的火海，吓得扭头就跑。

神牛跑到天上，地上留下了神牛犁出的拐把子弯来，老百姓就给这个拐把子弯取名“神牛湾”，来纪念太上老君的神牛。

# 5.6亿年前的三叶虫

神牛湾是一个神奇的地方。据说，神牛湾有一种特别小的虫子。这种虫子只有人的指甲盖大小。这不起眼的小虫子，在距今5.6亿年前就已经存在了。

这虫子有的70厘米，有的只有0.2厘米。

这虫子的身体外面包着一层坚硬的外壳。这坚硬的外壳像三片叶子一样，保护着虫子的身体。因此，人们就给这虫子起了“三叶虫”的名字。

有一些三叶虫生活在浅海底，它们或是爬行或是游泳，还有一些在远洋中游泳或漂浮。

生活习性的不同决定着三叶虫身体构造不同。钻到泥沙里生活的三叶虫，头部结构特别坚硬，前面好像长着一把扁铲，这样就便于挖掘泥沙。在松软或有淤泥的海底爬行生活的三叶虫，肋刺和尾刺都特别发达，这样身体就不容易陷到泥沙里。

三叶虫的头部和尾部可以完全连接在一起，仅把背部的硬壳暴露在外面，还可以钻进淤泥里保护柔软的腹部。这样的结构，一方面便于御敌，另一方面也可以像尺蠖一样伸屈着前进。

5亿到4.3亿年前，三叶虫发展到高峰，到2.4亿年前完全灭绝，在地球上一共生存了3.2亿多年。

能在地球上存活3.2亿多年，可见三叶虫的生命力有多强。

早在300多年前的明朝崇祯年间，一个名叫张华东的人，在山东泰安大汶口发现了一种包埋在石头里的怪物。这个怪物外形容貌颇似蝙蝠展翅，于是他就将其命名为“蝙蝠石”。

到了20世纪20年代，我国的古生物学家对“蝙蝠石”进行了科学研究，终于弄清楚了原来这是一种三叶虫的尾部。

为了纪念三叶虫的第一个名字，我国科学家就把这种三叶虫依然叫作“蝙蝠虫”。

三叶虫最早是随着寒武纪初期的小壳动物群而出现的。小壳动物群主要是指软舌螺、腹足类、单板类、喙壳类和分类位置不明的一大批个体微小且低等的软体动物。

当时的海洋适合于这些软体动物生存，而这些软体动物成了三叶虫的食物，这就为三叶虫的生存提供了丰富的营养。

海洋中的软体动物都不是三叶虫的竞争对手，三叶虫在海洋里横行霸道、肆意妄为，俨然成了海洋的霸主。

大鱼吃小鱼，小鱼吃虾米。鲨鱼和其他早期鱼类出现后，三叶虫数量开始减少，之后走向了灭绝。

由于背壳坚硬，三叶虫化石便很好地被保留了下来。

三叶虫在整个古生代3亿多年的历程中生生不息，繁衍出了众多的类群，数量巨大。

神牛湾发现的三叶虫属于新种类，已经被收录进《大英百科全书》。

## 黄河之神

距今6000多年前，神牛湾附近就有了一处人工筑成的半地穴式寨堡。

数百座半地穴式房屋，严格按照等级向山顶排列。山顶上最大的是部落首领的居室，周围散落的中小型寨堡环居四周。半地穴式寨堡周围的壕沟里，有两条活灵活现的鱼龙雕塑。

这半地穴式寨堡不仅标志着部落统治中心的形成，也成为这一带古代城市的最早萌芽。而穿越时光隧道的鱼龙图腾雕塑，象征着至高至圣的黄河之神。

## 长城与黄河握手的地方

神牛犁出的拐把子，让流经此处的黄河划出一道美丽的圆弧。

黄河划出的美丽圆弧神牛湾与蜿蜒盘旋的万里长城历史性地会晤后，在这里紧紧握手拥抱。

神牛湾段的长城上筑有驻军城堡，重要的关险、隘口、城墙均为砖石砌筑，大部分坐落在高山绝顶之上。

在神牛湾段的长城沿线上，分布着古戏台、寺庙、古塔、碑刻等历史文物景观。

# 神奇的海红果

神牛湾有一种神奇的红果子，它有个好听的名字叫“海红果”。

传说，神牛湾曾经发生过严重干旱，连着几个月都不下雨，田地干裂，庄稼几近枯死，人们到处找水吃。

有德高望重者组织大家到龙王庙求雨，可几天过去了，龙王就是不肯降雨。这时，河神的小女儿海红动了恻隐之心。

海红先去求河神降点雨，河神坚持说没有龙王的旨意，他不能降雨。

海红见没有说服父亲，便决定私自降雨。一连下了几天雨，庄稼返青了，人畜也有水吃了，大地恢复了生机。

人们非常高兴，以为是龙王降雨，就去龙王庙祭祀感谢。

龙王心想：“我没下雨啊，怎么来感谢我呢？”经过查问，原来是海红降雨，龙颜大怒，立即将海红招来，说她违抗天意，私自下雨，应凌迟处死。随着钢刀飞舞，海红的血肉一片片洒落在了大地上。

第二年春天，人们发现凡是海红血肉洒落之处，都长出了一株株小树。到了秋天，树上缀满了红莹莹的小果子。

为了纪念这位善良的女神，人们就把这种树叫作“海红树”，果实称为“海红果”。

已有800多年历史的海红果，果实呈扁圆形，似山楂，色泽浓红，果肉呈乳黄色，肉质细脆、多汁，刚成熟时涩味较重，成熟后涩味明显减轻，酸甜可口。

据《本草纲目》记载，海红果含有丰富的维生素，含钙量居水果之冠，素有“果中钙王”的美称，属于医食同源的水果。

## 造型朴拙的古瓷窑

神牛湾曾出土过一个古墓。古墓里埋藏着一个瓷罐。按罐口白盘里的石片上写着的年代推算，瓷罐距今应有800年历史。

这个古墓的出现，揭开了神牛湾瓷窑的神秘面纱。

800年前，一些烧瓷艺人来到神牛湾。他们建起了瓷窑，盖起了作坊，在这里烧出了瓷碗瓷盘。

历经几代，神牛湾的瓷器打入国际市场，神牛湾也被人们誉为塞外瓷都。

神牛湾的山梁上共建有25座圆咕隆咚的古瓷窑，这些瓷窑都建得精妙绝伦，被公布为国家重点文物保护单位。

2022年12月于呼和浩特